La novella del buon vecchio

e della bella fanciulla

Italo Svevo

I.

Ci fu un preludio all'avventura del buon vecchio, ma si svolse senza ch'egli quasi l'avvertisse. In un breve istante di riposo dovette ricevere nel suo ufficio una vecchia donna che gli presentava e raccomandava una fanciulla, la propria figlia. Erano state ammesse alla sua presenza in forza di un biglietto di presentazione di un suo amico. Il vecchio strappato ai suoi affari non arrivava a levarseli del tutto dalla mente e guardava intontito il biglietto sforzandosi d'intenderlo presto e presto liberarsi dalla seccatura.

La vecchia non tacque per un solo istante, ma egli non ritenne o percepí che qualche breve frase: – La giovinetta era forte, intelligente e sapeva leggere e scrivere, ma meglio leggere che scrivere. – Poi una frase che lo colpí perché strana: – Mia figlia accetta qualsiasi impiego per l'intera giornata purché le avanzi il breve tempo di cui ha bisogno per il suo bagno quotidiano. – Infine la vecchia disse la frase che portò la scena ad una rapida conclusione: alla Tramvia prendono ora delle donne al posto di conduttrici e bigliettarie.

Subito deciso, il vecchio scrisse un biglietto di raccomandazione per la Direzione della Società Tramviaria e congedò le due donne. Lasciato ai suoi affari, li interruppe ancora per un istante per pensare: – Chissà perché quella vecchia volle dirmi che sua figlia si lava ogni giorno? – Scosse la testa sorridendo con aria di superiorità. Ciò prova che i vecchi son ben vecchi quando hanno da fare.

II.

Una vettura tramviaria correva sul lungo viale di Sant'Andrea. La conduttrice, una bella fanciulla ventenne, teneva l'occhio bruno fisso sulla via larga, polverosa, piena di sole, e si compiaceva di far andare a precipizio il carrozzone cosicché agli scambi le ruote stridevano e la cassa della vettura carica di gente sobbalzava. Il viale era deserto. Tuttavia la giovinetta procedeva picchiando continuamente col piedino nervoso la leva azionante il campanello d'allarme. Lo faceva non per prudenza, ma perché essa era tanto infantile che riusciva a convertire il lavoro in un giuoco, e le piaceva di correre cosí e di far rumore con quella macchinetta ingegnosa. Tutti i bambini amano di gridare quando corrono. Era vestita di cenci colorati. Causa la sua grande bellezza sembrava travestita. Una giubba rossa sbiadita le lasciava libero il collo, poderoso in confronto della faccina un po' patita, e libera l'incavatura precisa che avvia dalla spalla alla delicatezza del petto. Il gonnellino azzurro era troppo breve, forse perché nel terzo anno di guerra mancavano le stoffe. Il piedino sembrava nudo in uno scarpino di panno e il berretto azzurro le schiacciava dei riccioli neri non molto lunghi. Guardando la sola sua testa si sarebbe potuta credere un maschietto se già l'attitudine di quella sola parte non avesse tradito civetteria e vanità.

Sulla piattaforma, intorno alla bella operaia, c'era tanta gente che la manovra del freno era appena possibile. Vi si trovava anche il nostro vecchio. Egli doveva arcuarsi a qualche piú violento sobbalzo della vettura per non venir gettato addosso alla conduttrice. Era vestito con grande accuratezza, ma anche con la serietà conforme alla sua età. Veramente una figurina signorile e gradevole. Ben pasciuto in mezzo a tanta gente pallida e anemica, non rappresentava per questa ancora un'offesa perché non era né troppo grasso né troppo fiorente. Dal colore dei suoi capelli e dei suoi baffetti corti gli si sarebbero dati 60 anni di età o giú di lí. Non trapelava in lui alcuno sforzo di apparire piú giovane. Gli anni possono impedire l'amore ed egli da molti anni non aveva pensato a quello, ma favoriscono gli affari ed egli portava i suoi anni con superbia, e, se cosí si può dire, giovanilmente.

La prudenza era invece conforme alla sua età, e non si trovava bene in quel carrozzone mastodontico lanciato a tanta velocità. La sua prima parola rivolta alla fanciulla fu di ammonimento: – Signorina!

Al vezzeggiativo signorile la fanciulla rivolse a lui i begli occhi, esitante, non essendo certa ch'egli avesse voluto parlare con lei. Il buon vecchio ricavò tanto piacere da quello sguardo luminoso che ne fu attenuata la sua paura. Mutò l'ammonimento che avrebbe avuto significato di rampogna, in uno scherzo: – Non m'importa mica di essere qualche minuto prima al Tergesteo.– Sembrò sorridesse per il proprio scherzo e cosí poté creder la gente intorno a lui, ma invece il suo sorriso era stato rivolto a quell'occhio che gli era parso nello stesso tempo birichino e innocente. Le donne belle sembrano sempre dapprima intelligenti. Un bel colore o una bella linea sono infatti l'espressione dell'intelligenza piú assoluta.

Essa non sentí le parole, ma fu rassicurata perfettamente di quel sorriso che non lasciava dubbio sulle disposizioni benevole del vecchio. Comprese ch'egli si trovava a disagio in piedi e gli fece posto perché potesse appoggiarsi accanto a lei sul parapetto. E la corsa continuò vertiginosa fino al Campo Marzio.

La fanciulla, allora, guardando il buon vecchio quasi a domandargli un consenso, sospirò: – Qui comincia la grande noia!. – Il carrozzone si mise infatti a traballare lento e pesante sulle rotaie.

Quando un vero giovine s'innamora, il suo amore spesso provoca nel suo cervello delle reazioni che presto con il suo desiderio non hanno nulla da fare. Quanti giovani che potrebbero quietarsi beatamente in un letto ospitale, non gettano per aria almeno la loro casa credendo che per andare a letto con una donna occorra prima conquistare, creare o distruggere. Invece i vecchi, di cui si dice che sieno meglio protetti dalle passioni, vi si abbandonano in piena consapevolezza ed entrano nel letto della colpa solo con debito riguardo ai raffreddori.

Semplice l'amore non è neppure per i vecchi. Da loro viene complicato nei motivi. Essi sanno che devono scusarsi. Il nostro vecchio si disse: – Ecco la mia prima vera avventura dopo la morte di mia moglie. – Secondo il linguaggio dei vecchi è vera un'avventura in cui c'entri anche il cuore. Si può dire che raramente un vecchio è tanto giovine da poter avere un'avventura non vera poiché è un'estensione che serve a mascherare una debolezza. Cosí i deboli quando danno un pugno impiegano non solo la mano, il braccio e la spalla, ma anche il petto e l'altra spalla. Il pugno per lo sforzo troppo esteso diventa debole mentre l'avventura perde in chiarezza e diventa piú pericolosa.

Poi il vecchio pensò ch'era l'occhio infantile della giovinetta che l'aveva conquiso. I vecchi quando amano passano sempre per la paternità e ogni loro abbraccio è un incesto di cui ha l'acre sapore.

E il terzo pensiero importante ch'ebbe il vecchio sentendosi deliziosamente colpevole e deliziosamente giovane fu: – La gioventú ritorna. – L'egoismo del vecchio è tanto grande che il suo pensiero non resta attaccato all'oggetto del suo amore neppure per un istante senza ritornare subito a vedere se stesso. Quando vuole una donna ricorda re Davide che dalle giovinette si aspettava la gioventú.

Il vecchio da commedia antica convinto di poter emulare la gioventú, quando pure oggi esista, dev'essere rarissimo. Il mio vecchio continuò a monologare e si disse: – Ecco una giovinetta ch'io comprerò… se è in vendita.

– Tergesteo! Non scende? – domandò la giovinetta prima di far muovere il carrozzone. Il buon vecchio, nell'imbarazzo, guardò l'orologio: – Procederò per un altro poco, – disse.

Non v'era piú tanta gente ed egli non aveva piú alcun pretesto per restare tanto vicino alla giovinetta. Si rizzò e si appoggiò ad un canto donde poteva vederla con comodità. Essa dovette accorgersi di essere contemplata perché quando la manovra non la occupava lo sbirciava con curiosità.

Egli le chiese da quanto tempo si trovasse a quel lavoro tanto faticoso. – Da un mese! – Non era tanto faticoso, essa diceva nell'atto stesso in cui doveva convertire tutto il suo corpicino in una leva per azionare il freno meccanico, ma talvolta molto noioso. Il peggio di tutto era che la retribuzione che riceveva non bastava. Il padre suo lavorava ancora, ma, dato il prezzo di tutti i viveri, era difficile di uscirne. E, sempre intenta al lavoro, lo interpellò col suo nome di famiglia: – Se Lei volesse, a Lei sarebbe facile di trovarmi qualche cosa di meglio, – e lo guardò immediatamente per vedere sulla sua faccia l'effetto di quella preghiera.

L'improvviso intervento del proprio nome scosse un poco il buon vecchio. Il nome di un vecchio è sempre un poco antico e impone perciò degli obblighi a chi lo porta. Egli cacciò dalla propria faccia ogni traccia di tensione che poteva tradire il suo desiderio. Non si meravigliò che la giovinetta conoscesse il suo nome perché la città allora era stata abbandonata da quasi tutte le famiglie piú ricche e i pochi abbienti che vi risaltavano. Guardò altrove e disse con serietà: – Ora è un po' difficile! Ma ci penserò! Che cosa sa fare Lei? – Essa sapeva leggere, scrivere e far conti. Di lingue non conosceva che il triestino e il friulano.

Una vecchia popolana sulla piattaforma si mise a ridere rumorosamente: – Il triestino e il friulano! Ah! Questa è buona! – La giovinetta rideva anche lei mentre il vecchio, sempre irrigidito nello sforzo di non far comprendere la sua intima eccitazione, rideva di un riso falso. La popolana cui piaceva di discorrere con un simile signore non cessò piú di chiacchierare e il vecchio vi si prestò per poter simulare meglio un'indifferenza. Infine essa li lasciò soli. Subito il vecchio scattò: – A che ora è libera Lei? -

– Alle nove di sera.

– Ebbene! – disse il buon vecchio. – Venga questa sera perché domani sono impedito. – E le diede il suo indirizzo ch'essa ripeté due o tre volte per non obliarlo.

I vecchi hanno furia perché la legge di natura sui limiti di età incombe su loro. Quell'appuntamento chiesto con l'aspetto del filantropo protettore e concesso con la dovuta gratitudine pur fece trasecolare dalla gioia il vecchio. Come le cose lo favorivano!

Ma i vecchi amano la chiarezza negli affari ed egli non si decideva ancora a lasciare quella piattaforma. Si domandava ansiosamente, dubitando della propria fortuna: – E basta questo? Non occorre dell'altro? E se essa credesse sul serio di essere stata invitata ad andare a prendere una raccomandazione onde ottenere un impiego? – Egli non voleva restare inutilmente eccitato fino alla sera e avrebbe voluto essere piú sicuro del fatto suo. Ma come dire la parola necessaria senza compromettere il proprio avito nome neppure dinanzi alla fanciulla nel caso che essa sinceramente non volesse accettare da lui altro che un impiego? In fondo la situazione era quasi identica a quella che sarebbe stata nel caso che egli fosse stato piú giovane di cosí. Ma egli era vecchio! I giovani dopo un poco di esperienza od anche prima di averne alcuna trovano tutto quello che occorre mentre il vecchio è un amatore disorganizzato. La macchina per fare all'amore manca in essi di almeno una rotella.

Infine il vecchio non inventò ma ricordò. Ricordò che ventenne, dunque una quarantina d'anni prima, cioè molto prima di sposarsi, ad una donna (molto piú vecchia di quella sulla piattaforma della tramvia), che con un pretesto qualunque e dinanzi a terzi aveva già promesso di venire, egli, a bassa voce, ma concitatamente aveva ripetuto l'invito: – Verrà? – Sarebbe bastata quella parola. Però qui la strada che invidia l'amore dei giovani e ride di quello dei vecchi, lo guardava, e perciò non doveva esserci concitazione nella sua voce.

Nell'atto di abbandonare il carrozzone egli disse alla giovinetta: – Io l'aspetto dunque questa sera alle nove. – Poi, ricordando, scoperse che la sua voce, causa la strada o causa il desiderio, aveva tremato. Ma non subito se ne avvide e quando la giovinetta rispose: – Certo! Io non mancherò! – stornando per un istante l'occhio dalle rotaie e rivolgendoglielo, gli parve che la promessa fosse stata fatta al filantropo. Ma, ripensandoci, tutto fu chiaro come quarant'anni prima. Nel lampo di quell'occhio s'era rivelata la malizia come nella propria voce l'ansia. Era certo che s'erano intesi. Madre natura benignamente gli concedeva un'altra volta, l'ultima, di amare.

Il vecchio si avviò al Tergesteo col passo piú elastico. Si sentiva molto bene, il buon vecchio. Forse tuttociò gli era mancato da troppo tempo. Causa le sue tante occupazioni egli aveva dimenticato qualche cosa di cui il suo organismo ancora giovanile realmente abbisognava. Sentendosi tanto bene non ne poteva dubitare.

Al Tergesteo arrivò troppo tardi. Dovette perciò correre al telefono per riparare al ritardo. Per una mezz'ora gli affari lo riebbero tutto. Anche tale calma fu per lui un argomento di soddisfazione. Ricordava che in gioventú l'attesa era stata tale tortura e delizia che poi la gioia aspettata in confronto impallidiva. La tranquillità gli apparve quale una prova di forza e qui certamente si ingannava.

Lasciati gli affari, s'avviò all'albergo ove sempre mangiava come molti altri abbienti che cosí risparmiavano le provviste immagazzinate. Continuava ad esaminarsi camminando. Il desiderio in lui era virilmente calmo, ma intero. Non aveva dubbi e non ricordava neppure che in gioventú, da persona fine quale egli era, ogni simile avventura aveva agitato nel suo petto tutti i problemi del male e del bene. Vedeva solo un lato del problema e gli pareva che ciò ch'egli prendeva gli spettasse se non altro quale un indennizzo per il tanto tempo in cui era stato privo di tanta gioia. In genere è certo che la maggior parte dei vecchi crede di aver molti diritti e soli diritti. Sapendo di non essere piú raggiungibili da un'educazione, credono di poter vivere proprio come il loro organismo domanda. Il buon vecchio s'assise al tavolo con un desiderio d'assimilazione che gli ricordava la vera gioventú. Beato, pensò: – La buona e bella cura comincia.

Tuttavia nel tardo pomeriggio quando, abbandonato l'ufficio, il vecchio, per risparmiarsi l'attesa inerte in casa andò a passeggiare lungamente alla riva ed al molo, vi fu nel suo petto un lieve sobbollimento morale, che non passò senza lasciar traccia di sé nella sua anima. Non ebbe però alcuna influenza sul corso delle cose perché egli, come tutti i vecchi e i giovani, fece quello che gli piacque pur sapendo meglio.

Il tramonto estivo era chiaro e pallido. Il mare gonfio, stanco e immobile, sembrava scolorito in confronto del cielo ancora lucente. Si vedevano chiaramente i profili delle montagne digradanti verso la pianura friulana. Si intravedeva anche l'Hermada e si sentiva vibrare l'aria scossa dai colpi incessanti del cannone.

Ogni manifestazione di guerra cui il vecchio assisteva, gli faceva ricordare con uno stringimento di cuore ch'egli in seguito alla guerra guadagnava tanto denaro. A lui dalla guerra risultava la ricchezza e l'abiezione. Quel giorno pensò: – Ed io tento di sedurre una fanciulla del popolo che colà soffre e sanguina! – Era abituato da lungo tempo al rimorso dei buoni affari che faceva ed egli continuava a farne ad onta del rimorso. La sua parte di seduttore era nuova e perciò era piú nuova e intensa la sua resistenza morale. I nuovi delitti non s'accordano tanto facilmente con le proprie moralissime convinzioni e ci vuole del tempo per fare adagiare pacificamente gli uni accanto alle altre, ma non c'è da disperarsene. Intanto là, al molo, in cospetto dell'Hermada in fiamme il buon vecchio abbandonò il suo proposito. Avrebbe avviata la sua giovinetta ad un sano lavoro e non sarebbe stato per lei altri che filantropo.

L'ora fissata per l'appuntamento era pressoché giunta. La lotta morale aveva reso ancora meno difficile il compito di attenderla. Il proposito del filantropo accompagnò il buon vecchio a casa lasciandogli sempre il passo da conquistatore che aveva adottato la mattina scendendo da quella piattaforma della tramvia.

Neppure a casa la risoluzione mutò, ma gli atti non vi si conformarono. Offrire una cenetta alla giovinetta non era piú opera da filantropo. Egli aperse delle scatole di commestibili delicati e preparò una cenetta fredda prelibata. Sul tavolo, in mezzo a due bicchieri di cristallo, pose una bottiglia di sciampagna. Non per altro: il tempo era molto lungo.

Poi venne la giovinetta. Era molto meglio vestita che alla mattina, ma ciò non fu decisivo perché piú desiderabile non poteva divenire. Il vecchio in cospetto dei dolci e dello sciampagna assunse un aspetto paterno cui la giovinetta non badò perché teneva sempre rivolto l'occhio innocente alla buona cena. Egli le disse che intendeva di farle insegnare un po' di tedesco di cui avrebbe abbisognato per l'impiego e allora essa ebbe una parola che fu decisiva. Dichiarò che era disposta di lavorare tutto il giorno a patto che le si lasciasse mezz'ora di tempo per il suo bagno.

Il vecchio si mise a ridere: – Ci conosciamo dunque da molto tempo? Non è Lei quella giovinetta che venne da me con la mamma… Come sta quella cara signora?

La parola fu veramente decisiva prima di tutto perché cosí egli aveva appreso che si conoscevano da tanto tempo. La durata dà ad un'avventura un aspetto piú serio. Poi anche la garanzia del bagno quotidiano è, specie per un vecchio, di un'importanza evidente. Adesso, appena, avrebbe potuto intendere, se ci avesse pensato, la ragione per cui la madre della giovane aveva menzionato il bagno. Il suo fare da filantropo sparí. La guardò ridendo negli occhi, quasi volesse irridere al proprio sforzo morale, l'afferrò per una mano e l'attrasse a sé.

Poi il vecchio avrebbe voluto riprendere subito il suo aspetto da filantropo. Che scopo c'era ormai di conservare l'aspetto odioso del seduttore? Ebbe il buon gusto di non parlare piú di impieghi. Diede invece presto del denaro. Poi, dopo una lieve esitazione, ne diede separatamente una seconda volta e questo lo destinò a quella cara Signora, alla mamma. Per apparire filantropico bisogna pur dare anche a chi non ha meritato. Poi è vero che i vecchi danno sempre il denaro a rate, mentre i giovani vuotano con un solo gesto la tasca salvo a pentirsene poi.

La giovinetta ebbe cosí l'arduo compito di dover accettare per ben due volte il denaro, e fingere per due volte di non volerne. Per una volta è facile e tocca a tutte. Ma la seconda volta? Essa non trovò la variazione che occorreva e ripeté macchinalmente la parola e il gesto che aveva impiegati la prima volta. Anche la terza volta avrebbe detto: – Del denaro? Io non ne voglio! – e l'avrebbe preso dichiarando: – Ma io ti voglio bene! – Dopo la seconda volta restò un po' turbata e il vecchio attribuí tale turbamento al suo disinteresse. Invece può anche essere ch'essa dubitasse che l'importo datole fosse stato piccolo e frazionato in due per farlo apparire maggiore.

Quest'avventura tanto semplice divenne piú complessa nella mente torbida del buon vecchio. È destino! Per un verso o per l'altro, anche quando un vecchio paga sapendo che i favori non possono piú essergli regalati, egli finisce sempre col falsare le avventure d'amore e merita presto il riso di Beaumarchais e la musica di Rossini. Il mio buon vecchio, – tanto intelligente – non rise delle parole pur cosí poco elaborate della giovinetta. L'avventura doveva restare «vera» ed egli collaborava volonteroso alla falsificazione. La giovinetta era tanto graziosa che nessuna sua parola poteva apparire stonata. Ora tale falsificazione ebbe qualche importanza ma solo nell'anima del vecchio. All'esterno non ne ebbe altra che di rendere un po' piú lunga la durata di quel primo abboccamento ed anche di quelli che seguirono. Se il vecchio avesse potuto comportarsi secondo il suo desiderio, avrebbe allontanata presto la giovinetta perché i vecchi hanno l'immoralità breve. Ma con una donna che ama non si può mica procedere cosí alla spiccia. Egli non era un vanesio. Pensava: – La giovinetta ama il lusso del mio ufficio, della mia casa, della mia persona. Forse le piace anche la dolcezza della mia voce e la finezza dei miei modi. Ama questa mia stanza in cui vi sono tanti buoni cibi. Ama tante mie cose che un poco può amare anche me. – L'offerta dell'amore è un bellissimo complimento e piace anche quando non si sa che farsene. Alla peggio può almeno equivalere ai titoli cavallereschi delle persone che negoziano in buoi, eppure si sa che ne vanno tanto gelose. Essa gli disse, ma senza alcuna intenzione di farne una tragedia, ch'egli era stato il suo primo amante. Ed egli lo credette. Insomma il buon vecchio dovette trattenersi per non offrire denaro per la terza volta. S'adagiò tanto volentieri in cosí grande dolcezza da sentirsi ferito allorché essa gli disse di non amare i giovani e di preferire i vecchi. Fu un brutto risveglio di sentirsi dare del vecchio e un dolore di dover inchinarsi per ringraziare della gentile dichiarazione. Però l'abboccamento anche quando fu meno amoroso non fu certo una tortura per il buon vecchio. La fanciulla era tutta occupata a distruggere la buona cena che le era stata offerta e cosí lui poteva riposare a suo agio.

Fu però lieto di vederla partire e di restare solo. Egli era uso alla conversazione delle persone serie e non gli era possibile di sopportare per troppo tempo il vacuo discorso della bella giovinetta. Si dirà che vi sono artisti e pensatori, gente piú seria del mio vecchio commerciante, che da giovani sopportano con delizia il cinguettio di una bella bocca. Ma si vede che i vecchi per certi rapporti sono piú serii dei piú serii giovani.

Il buon vecchio andò a coricarsi sempre un po' preoccupato. Quando fu nel suo letto disse: – Non pensiamoci piú. Forse non la vedrò mai piú. – Era tanto poco sicuro del proprio amore che aveva stabilito con lei che al prossimo ritrovo l'avrebbe invitata con un bigliettino. Bastava perciò non scrivere ed egli ridiveniva l'uomo virtuoso ch'era stato sempre.

Prima di pigliar sonno fu torturato dalla sete. Aveva bevuto troppo e mangiato delle cose troppo condite. Chiamò la donna che gli dirigeva la casa e ne ebbe un bicchiere d'acqua e un'occhiataccia di rimprovero. Essa – non piú tanto giovine – aveva sempre sperato di finire padrona della casa. Poi aveva pensato che il ritegno del vecchio fosse dovuto al suo spirito di casta e vi si era rassegnata perché in una o nell'altra casta si nasce senza propria colpa. Ora essa aveva potuto vedere per un istante la giovinetta quando costei s'allontanò. Apprese perciò che lo spirito di casta non impediva nulla al buon vecchio. Ciò equivalse per lei ad un vero e proprio schiaffo. Si dirà che anche le qualità che rendono piú o meno desiderabili non dipendono dal proprio merito o demerito. Ma essa riteneva di avere quelle qualità e perciò era colpevole il vecchio di non avvedersene.

IV.

La parola con cui il vecchio richiamò la fanciulla al ritrovo fu scritta pochi giorni appresso, ben prima di quanto egli l'avesse previsto quella sera coricandosi. Le scrisse sorridendo, contento di sé. Si lusingò anche che il secondo abboccamento sarebbe stato piú ricco di gioie. Invece fu identico al primo. Quando congedò la giovinetta fu altrettanto prudente come la prima volta e stabilí di nuovo ch'essa sarebbe ritornata a lui quando egli l'avrebbe richiamata. La richiamò ancor piú presto al terzo abboccamento, ma il congedo fu lo stesso. Mai arrivò a stabilire subito il prossimo convegno. Perché il buon vecchio era sempre felice: quando chiamava la fanciulla e quando la congedava, cioè quando intendeva di ritornare alla virtú. Se, congedando la fanciulla, egli avesse subito stabilito il prossimo ritrovo, tale ritorno alla virtú sarebbe stato meno intero. Cosí invece mancava ogni compromissione e la sua vita restava regolata e virtuosa con l'eccezione di un brevissimo intervallo.

Degli abboccamenti poco piú ci sarebbe da dire se il vecchio non fosse stato colto dopo qualche tempo da una folle gelosia. Folle non per la sua violenza ma per la sua stranezza. Ecco: non si manifestava quando egli scriveva alla giovinetta perché era il momento in cui egli la portava via agli altri; né quando la congedava perché era il momento in cui agli altri la consegnava, volonteroso, tutta. La gelosia da lui s'accompagnava proprio all'amore, nello spazio del tempo. L'amore ne era rilevato e l'avventura diveniva piú «vera» che mai. Una delizia e un dolore indescrivibile. A un dato momento gli si figgeva in mente il pensiero che la giovinetta senza dubbio avesse degli altri amanti e tutti giovani quanto lui era vecchio. Se ne doleva per sé (oh! tanto!), ma anche per lei che poteva perderci ogni possibilità di vita decorosa. Guai se si fosse fidata di altri come s'era fidata di lui. Nella gelosia faceva capolino la propria colpa. È perciò che a compensare il proprio iniquo esempio, il vecchio s'abituò a predicare la morale proprio quando faceva all'amore. Le spiegava quanti pericoli le potevano derivare dagli amori disordinati.

La giovinetta protestava di non avere che un amore, quello per lui. – Ebbene! – gridava il vecchio nobilitato nello stesso tempo dall'amore e dalla morale, – se tu, per ritornare alla virtú dovessi risolvere di non vedermi piú, io ne sarei felice. – Qui la giovinetta non rispondeva e ciò per buone ragioni. Per lei l'avventura era chiara tanto che non le era possibile di mentire come faceva lui. Non bisognava lasciare per il momento quella relazione. Era anche facile di tacere quando egli la copriva di baci. Quando però egli si permetteva uno sfogo piú sincero e parlava, – attribuendoglieli – di altri amanti, allora essa ritrovava la parola: – Come poteva crederlo? Prima di tutto essa non passava le vie della città altro che in tramvai, poi sua madre la sorvegliava e infine nessuno voleva saperne di lei, poveretta! – E giú un paio di lagrime. Cattiva retorica quella che s'appiglia a tanti argomenti, ma intanto dal vecchio sparivano l'amore e la gelosia e si poteva ritornare alla cena.

Si può da ciò vedere come funzionino regolarmente i vecchi. Dai giovani ogni singola ora è disordinatamente occupata dai sentimenti piú disparati mentre dai vecchi ogni sentimento ha la sua ora, tutta. La giovinetta camminava di conserva col vecchio. Quando la voleva, veniva; se ne andava quando non la voleva piú. Discutevano! Poi facevano all'amore e mangiavano indi di buonissimo umore.

Il vecchio, forse, mangiava e beveva troppo. S'attaccava ad una manifestazione di forza.

Non voglio mica dire che sia perciò che il vecchio ammalò. È chiaro che un eccesso di anni è piú pericoloso che un eccesso di vino, di cibo e anche di amore. Può essere che uno di tali eccessi aggravi l'altro, ma a me non importa di asserire neppure tanto.

V.

S'era coricato tranquillo come ogni sera e specialmente quelle sere in cui finalmente dopo di aver mangiato tutto quello che le era stato offerto, la giovinetta se ne era andata.

Prese presto sonno. Ricordò poi di aver sognato, ma tanto confusamente che egli niente piú ricordava. Molte persone dovevano averlo circondato urlando, discutendo con lui e fra di loro; poi tutte s'erano allontanate ed egli, frastornato, s'era sdraiato su un sofà per riposare. Allora su un tavolino proprio all'altezza del sofà vide un grosso topo che lo guardava con i suoi piccoli occhi lucenti. V'era un riso, anzi una derisione in quegli occhi. Poi il topo sparí, ma egli con spavento s'accorse che era penetrato nel suo braccio sinistro e scavando furiosamente procedeva verso il petto causandogli un dolore insopportabile.

Si destò ansante, coperto di sudore. Era stato un sogno, ma qualche cosa di reale restava: il dolore insopportabile. L'immagine dell'oggetto che causava il dolore subito mutò. Non era piú un topo, ma una spada confitta nella parte superiore del braccio e di cui la punta arrivava allo sterno; arcuata, non tagliente ma ruvida e velenosa perché dove toccava comunicava il dolore. Non gli permetteva il respiro e alcun movimento. La spada si sarebbe potuta spezzare squarciandolo se egli si fosse mosso. Egli urlava e lo sapeva perché lo sforzo di farsi sentire gli ledeva la gola, ma non sentí con certezza il suono che emetteva. C'erano molti rumori in quella stanza vuota. Vuota? In quella stanza c'era la morte. S'avvicinava a lui dal soffitto un'oscurità profonda, una nube che quando lo avrebbe raggiunto, gli avrebbe soppresso il piccolo respiro che ancora gli era concesso e l'avrebbe tagliato per sempre da ogni luce mandandolo fra le cose basse e sudice. L'oscurità s'avvicinava lentamente. Quando l'avrebbe raggiunto? Oh! certo! Poteva anche dilatarsi da un momento all'altro e avvilupparlo e strangolarlo in un attimo. Cosí era fatta la morte di cui aveva saputo dall'infanzia in su? Cosí insidiosa e accompagnata da tanto dolore? Egli si sentiva colare le lagrime dagli occhi. Piangeva dal terrore e non per destare pietà, perché egli sapeva che pietà non c'era. E il terrore era tanto grande che a lui parve di essere privo di colpa e di peccato. Veniva strangolato a quel modo, lui buono e mite e misericordioso.

Quanto tempo durò quel terrore? Egli non avrebbe saputo dirlo e avrebbe potuto credere che fosse durato tutta una notte se la notte poi non fosse stata troppo lunga. Gli parve che prima si fosse allontanata da lui l'oscurità minacciosa e poi il dolore. La morte non c'era piú e il giorno appresso egli avrebbe risalutato il sole. Poi il dolore si mosse e fu subito un sollievo. Fu esiliato piú in alto verso la gola donde poi sparve. Egli s'avvolse nelle coperte. Batteva i denti dal freddo e un tremito convulso gli impediva il riposo. Il ritorno alla vita era però completo. Egli non gridò piú e fu lieto che il suo lamento non fosse stato udito. La donna di casa – maliziosa – avrebbe ritenuto causa del male la visita della fanciulla della sera prima, per questa via egli ricordò la fanciulla e, subito, pensò: – Io all'amore non faccio piú!

VI.

Il dottore, chiamato alla mattina, esaminò, studiò, e non diede subito grande importanza all'accesso. Il vecchio gli aveva raccontato l'avventura della sera prima, compresovi cibo e sciampagna, e al dottore parve che il male fosse dovuto a quel disordine. Disse ch'era sicuro che il male non si sarebbe ripetuto a patto che il vecchio avesse saputo vivere in riposo, prendere regolarmente ogni due ore una certa polvere e si fosse astenuto dal vedere l'oggetto del suo amore e anche dal pensarci.

Il dottore che aveva la stessa sua età ed era suo antico amico lo trattava con grande confidenza: – Tu potrai andare dalla tua amante solo quando te lo permetterò io.

Il vecchio, che ci teneva alla propria salute piú del dottore, pensava invece: – Anche quando tu me lo permettessi non andrei da lei! Stavo tanto meglio prima di conoscerla!

Poi, però, lasciato solo, pensò subito alla giovinetta per liberarsene definitivamente. Egli tuttavia ricordava che la giovinetta lo amava. La credeva perciò capace di venire a trovarlo dopo qualche tempo anche senza suo invito. Tutti sanno la potenza dell'amore. E allora che figura ci avrebbe fatta lui che aveva deciso di non riceverla neppure col permesso del dottore? Le scrisse che improvvisamente e per lungo tempo doveva lasciare la città. Al suo ritorno l'avrebbe avvisata. Uní alla lettera un importo di denaro destinato a saldare il conto con la propria coscienza. La lettera si chiudeva anche con un bacio, scritto dopo un istante di esitazione. No! Quel bacio non gli aveva alterato il polso.

Il giorno appresso si sentí rassicurato per una notte tranquilla benché quasi insonne. Il grande dolore non s'era ripetuto mentre egli, ad onta delle assicurazioni del medico, aveva temuto di venirne colto ogni notte nell'oscurità. Si ricoricò piú tranquillo e riacquistò la fiducia, ma non il sonno. Si sentiva il brontolío del cannone ed il buon vecchio si domandava: – Perché non hanno ancora inventato il modo di ammazzarsi senza fare tanto chiasso? – Non era tanto lontano quel giorno in cui il suono del combattimento aveva destato in lui un sentimento generoso. Ma la malattia gli toglieva quel residuo di spirito sociale che la vecchiaia non era riuscita a distruggere in lui.

Il dottore nei prossimi giorni cacciò delle gocce fra polveretta e polveretta. Poi, per garantire il sonno notturno, veniva di sera a fargli delle punture. Anche per l'appetito venne la medicina speciale che bisognava prendere a date ore. Non mancavano le occupazioni nella giornata del vecchio. E la donna di casa, reietta nei giorni buoni, divenne molto importante. Il vecchio, che sapeva essere riconoscente, si sarebbe forse affezionato a lei, che qualche volta doveva levarsi anche di notte per propinargli delle medicine. Ma essa aveva un difettaccio: non gli perdonava i suoi trascorsi e vi faceva allusione di sovente. La prima volta che per cura dovette propinargli una piccola dose di sciampagna, l'accompagnò con l'osservazione: – È tuttavia di quella ch'era stata acquistata per tutt'altro scopo.

Per qualche tempo il vecchio protestò volendo farle credere che fra lui e la giovinetta non ci fosse altro che un affetto purissimo. Poi, visto ch'essa non si lasciava smuovere dalla sua convinzione, egli cominciò a credere ch'essa la sapesse lunga e lo avesse spiato. Chissà in quale istante? Lungamente indagò per intenderlo. Arrossiva specialmente di quello che la donna sapeva perché il resto non esisteva, ma con quella maledetta donna finiva coll'esistere tutto date quelle sue allusioni vaghissime colle quali si poteva ricordare l'avventura intera. Ne risultò ch'egli non poté piú soffrire quella donna e la tollerava a sé daccanto soltanto quando di lei aveva bisogno. Vero che ne aveva bisogno anche per chiacchierare, cosí che neppure di quest'odio che sarebbe stato abbastanza vitale nulla risultò. Si limitò a dire a bassa voce al medico: – È brutta come il peccato.

In quella lotta con la sua donna ricordava la giovinetta, ma non per rimpiangerla. Egli rimpiangeva solo la salute o meglio ciò ch'egli riguardava come la propria gioventú. La gioventú era morta con l'ultima visita della giovinetta e il rimpianto di questa sussisteva nel rimpianto di quella. Ora, sul serio, egli avrebbe procurato un impiego alla giovinetta... se egli avesse riavuto la salute. Poi sarebbe ritornato alla sua grande proficua attività e non al peccato. Il peccato era quello che danneggiava la salute.

L'estate andò via. Uno degli ultimi giorni sereni gli fu concesso di uscire in vettura. Il medico l'accompagnò. L'esito non fu cattivo perché egli si sentí lieto della variazione e il suo stato non peggiorò, ma col maltempo che sopravvenne l'esperimento non si poté ripetere.

Cosí continuò la sua vita vuota. Non v'era altra novità che nei medicinali. Ogni medicinale era buono per qualche tempo. Poi per avere lo stesso effetto bisognava aumentare la dose eppoi sostituirlo con un altro medicinale. Vero è che dopo qualche mese si ritornava da capo.

In quell'organismo però si creò un certo equilibrio. Se andava verso la morte il suo movimento era impercettibile. Non si trattava piú del dolore, eroico per la sua intensità, di quella notte quando la morte aveva alzato il braccio per dargli il colpo decisivo. Tutt'altro. Forse – come era allora – non valeva piú la pena di colpirlo. Egli credeva di stare ogni giorno meglio. Gli pareva che l'appetito anch'esso fosse ritornato. Ci metteva del tempo ad ingoiare le sue minestre insipide e credeva sinceramente di mangiare. In casa c'erano ancora di quelle scatole contenenti cibi eccitanti. Il vecchio ne prendeva una nelle mani tremanti: leggeva il nome della celebre fabbrica e la riponeva. Pensava di conservarla per il giorno in cui sarebbe stato meglio. Per quel giorno erano conservate anche bottiglie di sciampagna. S'era visto che per la malattia quel vino non giovava.

La parte piú importante della giornata era quella ch'egli passava ad una finestra nelle ore piú calde. Quella finestra era un pertugio per cui si vedeva la vita che continuava a svolgersi sulle strade anche dacché egli ne era stato esiliato. Se la donna del peccato (cosí egli la chiamava) gli era vicina, egli criticava con lei il lusso che tuttavia appariva sulle povere vie di Trieste o compiangeva con tono alquanto enfatico la miseria che vi transitava in processione. Di faccia alla sua casa vi era un fornaio e spesso a quella porta si schierava la fila della gente che aspettava il tozzo di pane. Il vecchio compiangeva quella gente che aspettava con tanta ansietà un pane mal cotto che a lui faceva schifo, ma qui la sua pietà era una vera ipocrisia. Egli invidiava coloro che liberamente si movevano per le vie. Puerilmente. In massima egli si trovava bene nella stanza protettrice, ben riscaldata, ma gli sarebbe piaciuto di vedere anche al di là di quella via. Gli esseri che passavano e destavano la sua curiosità, perché vestiti troppo bene o troppo male, svoltavano ed ecco che per lui erano perduti.

Una notte in cui non poteva dormire, si mise a camminare per la stanza, e nell'ansietà di moversi e di avere una distrazione andò alla finestra. La fila alla porta del fornaio era già costituita, tanto lunga che anche di notte macchiava di nero il marciapiede. Neppure allora compianse sinceramente quella gente che aveva sonno e non poteva andare a dormire. Egli aveva il letto e non poteva dormire. Stavano certo meglio i componenti della fila!

In quei giorni ci fu Caporetto. Le prime notizie del disastro egli le ebbe dal suo medico venuto a trovarlo per piangere in compagnia del vecchio amico, che egli (povero medico!) credeva capace di sentire come lui. Invece il vecchio non vide in quell'evento altro che un beneficio: la guerra si allontanava da Trieste e perciò da lui. Il medico piangeva: – Non vedremo piú neppure i loro velivoli! – Il vecchio mormorava: – Infatti! Forse non li vedremo piú! – Sentiva nell'animo la gioconda speranza di notti tranquille, ma tentava di copiare sulla propria faccia il dolore che vedeva impresso su quella del medico.

Nel pomeriggio, quando stava bene, riceveva il suo procuratore, un vecchio impiegato che godeva di tutta la sua fiducia. Negli affari il vecchio rimaneva abbastanza energico e lucido, e l'impiegato ne traeva la conclusione che la malattia del vecchio non fosse molto grave e che prima o poi sarebbe ritornato agli affari. Ma l'energia negli affari era la stessa che lo dirigeva nella tutela della sua salute. La piú lieve indisposizione lo induceva a rimandare gli affari al giorno dopo. E per stare meglio sapeva anche dimenticare gli affari non appena il suo impiegato se n'era andato. Si sedeva davanti alla stufa e amava di gettarvi dei pezzi di carbone che guardava poi bruciare. Poi chiudeva gli occhi abbacinati e li riapriva per riprendere lo stesso giuoco. Cosí passava la sera di giornate pur esse tanto vuote.

Ma cosí non doveva finire la sua vita. È il destino di certi organismi di non lasciar alcun residuo per la morte che cosí non arriva ad afferrare altro che un vaso vuoto. Tutto quanto poteva ardere arse e l'ultima sua fiamma fu la piú bella.

VII.

Il vecchio era alla finestra a guardare sulla via. Era un pomeriggio fosco. Il cielo era coperto da una nebbia grigiastra e il selciato bagnato ad onta che non fosse piovuto da due giorni. La fila degli affamati andava formandosi dinanzi alla porta del fornaio.

Il caso volle che la giovinetta passasse giusto allora dinanzi al balcone occupato da lui. Era senza cappello, ma al vecchio che non avrebbe saputo indicare alcun particolare del suo vestito parve meglio messa che nei tempi in cui l'amava. L'accompagnava un giovane vestito esageratamente alla moda, inguantato, un fine ombrello che si alzò alto due o tre volte col braccio che volle accompagnare la parola evidentemente vivace. Anche la giovinetta rideva e ciarlava.

Il vecchio guardava e ansava. Non era piú la vita altrui che passava per quella via, era la propria. E il primo istinto del vecchio fu di gelosia. L'amore non c'entrava, ma solo la piú abbietta gelosia: – Essa ride e si diverte mentre io sono ammalato. – Avevano sbagliato insieme e a lui ne era derivata la malattia, a lei nulla. Che fare? Essa procedeva col suo passo leggero e presto sarebbe arrivata alla svolta della via dove sarebbe scomparsa. Perciò il vecchio ansava. Non c'era neppur tempo di chiarire i propri pensieri ed egli avrebbe sentito tanto il bisogno di parlare e di predicare la morale!

Quando la giovinetta e il suo compagno scomparvero il vecchio volle tagliar corto alla propria agitazione che poteva danneggiarlo e disse: – Tanto meglio! Essa vive e si diverte! -. V'erano due menzogne in quelle poche parole che prima di tutto avrebbero voluto significare che il vecchio durante la malattia si fosse preoccupato della sorte della giovinetta eppoi anche che egli sentisse una soddisfazione al vederla correre a quel modo le vie per divertirsi. Perciò non ne ebbe quiete. Restava alla finestra e guardava dalla parte dove la giovinetta era scomparsa. Se fosse ritornata egli l'avrebbe chiamata dalla finestra. Non faceva troppo freddo eppoi gli pareva necessario di vederla. E qualcuno, sospettoso, dal suo interno gli domandò: – Perché? Vuoi ricominciare? – Il vecchio si mise a ridere: – Desiderio? Ma neanche per sogno! – Però guardava sempre dalla stessa parte con l'atteggiamento del desiderio piú intenso. – Io – pensò, convinto questa volta di dire la verità, – sarei del tutto tranquillo se sapessi che quel giovinotto l'ama e vuole sposarla.

Nessuno, neppure lui stesso avrebbe saputo decifrare l'animo del vecchio, appassionatamente malcontento della giovinetta e di se stesso. Egli vedeva chiaro che nel comportamento della giovinetta era implicata una propria responsabilità. Cercava di diminuirla ricordando ch'egli le aveva predicata la morale e cercava di obliare il resto. Per riconquistare la tranquillità egli doveva ripeterle piú chiaramente (cioè ad essa, ch'egli per sé nulla domandava) i precetti di morale ch'essa poteva aver dimenticati. E v'era anche il pericolo che essa avesse dimenticato le sue parole e non le sue azioni.

Corse al tavolo per scriverle di venire a trovarlo. Perché no? L'avrebbe ricevuta sereno come tuttavia i suoi dipendenti in ufficio e le avrebbe raccomandato di badare meglio al suo destino.

Con la penna in mano si trovò imbarazzato. Voleva farle intendere subito che la lettera non proveniva da un amante ma da un vecchio rispettabile che la invitava per suo bene di venire a trovarlo. Prese un biglietto da visita e sotto al proprio nome scrisse due parole d'invito. Lasciò il biglietto sul tavolo e ritornò alla finestra. Sarebbe stato meglio ch'essa fosse passata di nuovo per la via. C'era il pericolo che a quell'invito, strano per lei, essa non corrispondesse. Ma era importante ch'essa venisse, importante per lui.

Ritornò al tavolo e riscrisse lo stesso biglietto che le aveva mandato tante volte. Col piú vivo rossore perché la sua colpa era cosí evocata addirittura tangibilmente. Ma non aveva da usare riguardi a quella bambina. Gli bastava d'indurla a venire per gettarla fuori dal proprio destino; e per nettare il suo destino da una presenza tanto incomoda a lui sembrava non occorresse altro che di poter dirle chiaramente (piú chiaramente di quanto avesse potuto farlo in passato): – Per quanto mi concerne, ti domando d'essere virtuosa con me e con tutti. – Poi sarebbe stato facile di non pensarci piú.

Cercò la quiete col rendere definitiva la propria risoluzione. Trovò il modo di spedire quel biglietto senza farlo passare per le mani della sua infermiera. L'appuntamento era per il giorno appresso nelle ore tarde del pomeriggio. Le prime ore erano dedicate a cure.

Ritornò alla finestra. Nel desiderio di nettarsi la coscienza di ogni rimprovero riandò col pensiero la storia delle relazioni colla giovinetta. Sarebbe stato strano di attribuirle una importanza. Troppo facile era stato di avere quella giovinetta. Un'avventura comunissima. Non nella sua vita, però, e anche importante per la giovinezza e la beltà della fanciulla. – È certo – pensò il vecchio – che gli altri sono peggiori di me e che oggi, poi, io sono superiore a tutti. – Gli pareva un vanto di non sentire alcun desiderio e un secondo vanto ancora maggiore di chiamare a sé la giovinetta per farle del bene.

Le avrebbe dato del denaro. Quanto? Due... tre... cinquecento corone. Il denaro bisognava darlo se non altro per acquisire il diritto di educare. Poi l'avrebbe messa in guardia contro gli amori disordinati. Anche in passato aveva predicato contro gli amori, ma bisognava far ora dimenticare ch'egli aveva tentato allora di mettere il proprio amore fra quelli permessi.

Su la via si svolse una scena che attrasse tutta la sua attenzione. Ne scorse già da lontano gli attori perché venivano dalla parte ch'egli fissava. Un fanciullo di forse otto o dieci anni, scalzo, scendeva la via traendosi dietro per mano un uomo evidentemente ubriaco. Pareva che il fanciullo fosse conscio della sua responsabilità. Procedeva con un passo piccolo ma risoluto. Guardava di tratto in tratto dietro di sé il grande uomo che pareva convinto di dover seguirlo, eppoi guardava dinanzi a sé per vedere la propria via. Certo egli sapeva di dover consigliare e dirigere. Cosí giunsero sotto le finestre del vecchio. A quel punto il fanciullo scese dal marciapiedi per camminare meglio e non subito fu seguito dall'uomo. Perciò avvenne che le loro braccia allacciate andarono a cozzare contro il colonnino di un fanale. Non subito il fanciullo intese che avrebbe dovuto retrocedere per accompagnarsi all'uomo. Aveva fretta e probabilmente fece male all'ubriaco premendone la mano sul colonnino. Costui fu preso da un improvviso furore. Si svincolò dal fanciullo e subito gli menò un calcio atterrandolo. Per fortuna la sua ebbrezza gli impediva la rapidità dei movimenti, perché si capiva che si raccoglieva per picchiare ancora. Il fanciullo, a terra, si celava puerilmente la faccia col braccio per proteggersi e piangeva, guardando terrorizzato l'ubriaco ch'era chino su lui e non riusciva a riacquistare l'equilibrio.

Il vecchio, alla finestra, fu invaso dal terrore. Aperse le lastre dimenticando per un istante la cura della propria salute e si mise a gridare con la sua voce roca chiamando aiuto. Subito, dalla fila alla porta del fornaio accorsero molte persone, tante, che, presto, il vecchio non poté piú vedere né il fanciullo né l'ubriaco. Richiuse la finestra, chiamò l'infermiera e, ansimante, si gettò su una poltrona. Era troppo per lui. Le gambe non lo reggevano piú.

Nella sua lunga solitudine, egli aveva accarezzato una grande ambizione e s'era creduto benefico e superiore a tutti, ma ora appena provava una sensazione veramente nuova e sorprendente di vera, istintiva bontà. Per un breve tempo restò buono e generoso senza che il suo sentimento fosse oscurato da alcun pensiero a se stesso. È ben vero che non fece alcun atto che avvicinasse a lui quel povero fanciullo abbisognante di soccorso e di conforto. Non ci pensò neppure; ma nel pensiero accarezzava con grande emozione la puerile figura abbattuta. Scoperse anche nella propria memoria un particolare che valse ad aumentare la sua pietà: egli aveva visto il pianto del fanciullo, ma non aveva sentito alcun suo grido. Forse il fanciullo si vergognava di essere punito in pubblico e la sua vergogna, che gli impediva di attrarre l'attenzione degli altri, era piú forte del suo terrore. Povero, piccolo essere reso perciò anche piú inerme.

Ben presto però il vecchio ritornò alla sua occupazione abituale: alla cura di se stesso. Intanto il suo sentimento generoso gli aveva allargato tanto bene il petto che poté subito constatare un beneficio da quel suo abbandono. Per continuarne l'effetto parlò con la sua infermiera della sua grande avventura. Disse di aver salvato lui quel fanciullo: – Se io non avessi gridato, quell'omaccio lo avrebbe spezzato. – Invece era possibile che il suo roco grido non fosse neppure giunto fino alla via.

Ritornò col pensiero alla fanciulla e qualche contatto si costituí nel suo pensiero fra il fanciullo maltrattato e la giovinetta che sulla stessa via veniva trascinata a perdizione da uno zerbinotto. La comprensione per il fanciullo lo portò fino a rimproverarsi di non aver fatto per lui altro che spalancare la finestra e gridare.

Si liberò da tale peso pensando: – Io ho da pensare ad una disgrazia e basta per me!

La notte fu sino al mattino insonne. Non soffriva e giaceva meditando. Capiva benissimo che la sua coscienza non era tranquilla ma non ne vedeva la ragione. Decise di dare una somma anche maggiore alla giovinetta. Gli parve che sarebbe bastato di indurla a dirsi grata per riavere la coscienza tranquilla.

Verso mattina s'addormentò ed ebbe un sogno: camminava al sole tenendo per mano la bella fanciulla, proprio come l'ubriaco teneva per mano il ragazzo. Anch'essa lo precedeva di poco, ciò che a lui serviva per vederla meglio. Era bellissima, vestita di cenci colorati come il primo giorno in cui egli l'aveva vista. Camminava picchiando il piccolo piede al suolo e ad ogni suo passo risonava il campanello d'allarme come quel giorno sul viale di Sant'Andrea. Il vecchio che fino allora era proceduto col suo passo lento, si sforzò di raggiungere la giovinetta. Essa era divenuta per lui la donna del suo desiderio, tutta, coi suoi cenci, col suo passo e persino quel suono argentino del campanello che doveva essere attaccato al suo piedino. Poi fu subito stanco e volle sciogliere la sua mano da quella della giovinetta. Non vi riuscí che quando esausto cadde a terra. La giovinetta come un automa si allontanò da lui senza neppur guardarlo, con lo stesso passo sempre sonoro per il campanello d'allarme. Portava il sesso ad altri? A lui nel sogno di ciò non importò. Si destò. Era coperto di sudore come quella notte della grande angina.

– Sozzo! Oh! Sozzo! – gridò addirittura spaventato del proprio sogno. Volle chetarsi ricordando che il sogno non appartiene a chi lo fa ma che gli è mandato da potenze occulte. Ma la sozzura era evidentemente sua. Ebbe certo maggior rimorso per il sogno fatto di quanto ne avesse avuto per quella recente realtà cui aveva consciamente collaborato. In mezzo alle cure che riempivano la sua mattina egli che non poteva liberarsi dal ricordo dell'avventura notturna ebbe un'ispirazione: fra il ragazzo atterrato e battuto e la fanciulla del sogno che come un automa offriva la propria bellezza esisteva un'analogia. – E fra me e l'ubriaco? – indagò il vecchio. Volle sorridere al paragone impossibile. Poi pensò: – Posso tuttavia riparare beneficandola e istruendola meglio.

Nel corso della giornata ebbe anche altri dubbii. E se nella realtà egli avesse da comportarsi come s'era comportato nel sogno? Sta bene che i sogni sono mandati da altri e che la propria responsabilità non c'entra, ma egli era vecchio abbastanza per sapere che anche nella realtà, talvolta, in certe azioni, non si riconosce se stessi. Per esempio lui era entrato in quell'avventura dopo quella storica passeggiata al molo nella quale era stato accompagnato da tutt'altri propositi. Ora se i suoi propositi attuali non avessero avuto maggior efficacia di quelli di allora, addio pace eppoi addio salute e certo anche addio vita.

Ma qui spuntò nel vecchio una decisione di vera nobiltà. Risolse di abbandonare la vita piuttosto che ritornare a vivere solitario come prima in mezzo alla sua farmacia. Oggi, specie dopo di quel sogno, si sentiva ancora piú desideroso di vivere e di agire. Oggi, se avesse assistito di nuovo al maltrattamento del fanciullo non si sarebbe saputo abbandonare al riposo come il giorno prima. Ed egli pensò che anche quando avesse chiarito la sua posizione con la fanciulla, egli avrebbe potuto ritrovare e beneficare anche il giovinetto. Solo che ora la cosa era troppo complicata e bisognava aspettare la visita di qualche amico influente che avrebbe incaricato delle ricerche necessarie. Ai tanti altri bambini che si trovavano in circostanze simili e a portata di mano, il vecchio non pensò e quello che egli amava per averlo visto battere fu presto da lui dimenticato.

Al medico egli disse qualche cosa della sua avventura notturna. Il vecchio amico, che ogni giorno trovava il modo di scoprire un indizio della prossima guarigione, sorrise: – Vedi che ritorna la salute, anzi la gioventú.

– Che cominci cosí la salute e la gioventú? – domandò il vecchio perplesso. Ebbene! Egli di quella gioventú non voleva saperne. Voleva la calma, la serenità, la vera salute. Prima di tutto voleva liberarsi da ogni rimprovero per il contegno da lui avuto con la giovinetta. Il dottore non poteva indovinare che allora il suo paziente era deciso di curarsi a modo suo tanto piú che il vecchio stesso non avrebbe saputo dirglielo. Egli stesso non sapeva che correva dietro una nuova cura.

Nel pomeriggio il vecchio dormí a lungo di un sonno ristoratore e privo di sogni. Si destò sorridente come un bambino da quel sonno finalmente innocente perché privo di immagini.

Poi preparò la cena per la fanciulla proprio come la prima volta in cui l'aveva attesa. Prima di accingersi a tale lavoro ebbe un istante di esitazione. Ma poi si disse che prima o poi la giovinetta avrebbe dovuto sentire da lui parole dure e prediche meno divertenti e che perciò era bene di offrirle il compenso cui essa apparentemente teneva tanto. Aperse perciò con accuratezza le scatole che per tanto tempo aveva tenute in serbo. Sorrideva vuotandole nei piatti preparati sul solito tavolino: si trattava di indorare una pillola che alla giovinetta sarebbe potuta sembrare amara.

Assistendo a tanti preparativi, la sua infermiera s'allarmò. Non avrebbe essa avuto il dovere di avvisare il dottore? Il vecchio la rassicurò con aria di superiorità. L'ultimo suo sonno era stato tranquillo, ed il precedente dimenticato. Perciò il sospetto dell'infermiera non poteva neppure offenderlo. Le disse che essa avrebbe potuto assistere all'abboccamento dalla stanza vicina. Per la prima volta parlò chiaramente del passato confessando quello ch'essa sapeva o di cui almeno dubitava. – I trascorsi di gioventú devono essere dimenticati. Ad ogni modo non possono piú essere ripetuti. – Ma l'infermiera non si quietò. Per quanto non le mancasse nulla in quella casa, pure le spiaceva di veder preparati per altri quei buoni cibi. Velenosamente rispose: – Cinque mesi or sono Lei era dunque giovine!

– Solo cinque mesi sono trascorsi da allora? – domandò il vecchio stupito. A lui pareva fosse trascorso un secolo dall'ultima visita della giovinetta. Rifece il conto e trovò che quel periodo di tempo non raggiungeva neppure i cinque mesi. Non rispose all'infermiera, ma dubitò di essere vecchio essendo stato tanto giovine cinque mesi prima. Non dubitò però del proprio sincero desiderio di morale e di bontà.

VIII.

La giovinetta, come sempre, fu puntuale all'appuntamento. Nel vecchio non c'era stata quell'ansietà nell'attesa come in passato. Da ciò egli ebbe conforto: se il sogno aveva simulato eccitazioni sessuali, la realtà – ora ne aveva la certezza – era fatta tutt'altrimenti. Ma una grande sorpresa gli diede l'enorme emozione da cui fu preso al rivedere il caro viso della giovinetta. Ora s'avvedeva ch'era escluso ch'egli assumesse con lei, come s'era proposto, le arie di un capo ufficio. Quasi sveniva. Come era incantevole quella faccina dai grandi occhi, di cui sapeva ogni linea per averla baciata, e come era armoniosa quella voce udita da lui quando commentava atti di cui provava rimorso. Non trovava parole per salutarla e lungamente tenne la piccola manina inguantata nelle proprie. Era tanto bello di voler bene. Sorgeva per lui una nuova, un'ultima gioventú? Una nuova cura piú efficace di tutte?

Poi la guardò. Il volto gli parve meno fresco. Attorno alla bocca che cinque mesi prima gli era sembrata un fiore appena sbocciato, qualche linea s'era spostata. Orizzontalmente la bocca s'era un poco allungata e le labbra sembravano meno alte. Qualche cosa d'amaro? Un rancore per lui, forse? Perché – ora soltanto lo ricordava – egli aveva promesso amore e protezione, e improvvisamente s'era sottratto a qualunque impegno che avesse avuto con lei. Perciò le sue prime parole furono dette per domandare perdono. Le raccontò che quella volta quando le aveva scritto di dover lasciare la città, s'era invece ammalato. Descrisse la grande angina, che pur giaceva tanto lontano da lui, come se ne avesse sofferto fino alla vigilia. In certo modo, perciò, mentí, ma solo per essere sicuro di ottenere subito il perdono.

Essa, però, non ci pensava di serbargli rancore. Tutt'altro! Aveva subito fatto atto di baciarlo addirittura sulla bocca. Egli porse la guancia e sfiorò la sua con le proprie labbra. – Che peccato! – essa disse – sarebbe stato pur meglio che tu fossi partito piuttosto che ammalare.

20

Egli, per vederla meglio, la fece sedere all'altro capo del tavolo. Dev'essere stato coordinato da madre natura il fatto che i vecchi vedono meno bene da vicino con quello che non c'è scopo per essi di avere gli oggetti a portata di mano.

Subito osservò stupito che i riccioli che il giorno prima egli aveva visto svolazzare liberi all'aria, erano ora coperti da un cappello elegante adorno di piume dai colori fini e sobrii. Perché quella metamorfosi come si poteva dirla a Trieste, ove il cappello delle donne designa addirittura la classe cui esse appartengono? Veniva da lui in cappello e non lo portava per camminare le vie? Strano! E com'era mutata nel modo di vestire! Quella non era piú una fanciulla del popolo, ma apparteneva alla borghesia per il cappellino, e per il vestito dal taglio elegante e dalle stoffe abbondanti come si usava allora quando le stoffe mancavano. Appartenevano pure alla borghesia, ma un po' degenere, quelle calze di seta trasparenti che proteggevano poco le gambe dal freddo, e gli scarpini laccati. Non solo per affetto il vecchio non seppe assumere l'aria burbera che aveva premeditata, ma anche per un po' di soggezione. Essa era indubbiamente la persona piú elegante con la quale egli da lungo tempo avesse conversato. Egli, invece, era vestito ben comodo e non portava neppure il colletto perché lo affannava. Con gesto istintivo portò le mani al collo per accertarsi di aver abbottonata la camicia.

Donde potevano essere venuti tutti i denari che occorrevano per acquistare tutte quelle belle cose? Anziché pensare a quello che aveva da dire il vecchio si perdette in calcoli. Quanti denari le aveva rimessi lui cinque mesi prima? Potevano bastare i denari dati da lui per spiegare tanto lusso?

Essa lo guardava sorridendo e pareva aspettasse. Egli aveva già deciso di non assumere per il momento l'aspetto di un mentore tanto piú che gli pareva di ammonire abbastanza dando un esempio di virtú. Fu proprio perché non sapeva che altro dire che le domandò:
– Sei tuttavia al tramway?

Dapprima sembrò ch'essa non avesse bene sentito: – Al tramway? – Poi parve ricordasse. Non era un posto adatto per una giovine. Lo aveva lasciato da parecchio tempo.

Egli l'invitò a mangiare. Era un modo di guadagnare tempo perché in lui c'era il dubbio se non avesse dovuto farle un rimprovero per l'abbandono del lavoro. Mentre essa s'accingeva a mangiare levandosi lentamente i guanti, egli le domandò: – E che cosa fai ora?

– Ora? – domandò la giovinetta anch'essa esitante. Poi sorrise: – Ora sto cercando un impiego e dovresti procurarmene tu uno.

– Ben volentieri, – disse il vecchio. – Non appena sarò guarito ti prendo con me in ufficio. Hai studiato un po' di tedesco?

– Bravo! Il tedesco! – disse essa ridendo di cuore. – Noi due abbiamo cominciato a volerci bene col tedesco e si potrebbe continuare a studiarlo insieme. – Era una proposta che egli finse di non intendere.

Essa si mise a mangiare, ma molto compostamente. Il coltello e la forchetta lavoravano con grande sicurezza e alla boccuccia arrivavano i bocconi nella giusta misura mentre alle cene cui egli l'aveva convitata prima anche i ditini avevano dovuto collaborare al frazionamento del cibo e al suo trasporto. Al vecchio parve di dover compiacersi di trovarla tanto affinata.

Egli era titubante sempre. Se continuava a ridere e sorridere con lei, dove sarebbe arrivato? Per non offenderla volle parlare solo della propria colpa: – Se quel giorno mi fossi avvicinato a te solo per consigliarti per il tuo meglio...

Il buon senso semplice della giovinetta ebbe qui una obbiezione che doveva occupare il vecchio anche piú tardi: – Ma se tu non ti fossi innamorato di me non ti saresti neppure avvicinato. – Infatti egli riconobbe subito che se egli non fosse stato tenuto su quella piattaforma del tramway dal suo desiderio, sarebbe disceso al Tergesteo senza neppur avvedersi che la giovinetta avrebbe potuto aver bisogno di lui.

Essa non aveva preso molto sul serio le sue parole perché subito gli disse: – Ero carina su quel carrozzone? Di' la verità! Ti piacevo molto! – Si levò, andò a lui e gli fece una carezza sulla guancia che quel giorno era stata rasata. Egli non poté fare a meno di corrispondere alla carezza poggiandole la mano sotto il mento.

Egli volle riprendere il filo del suo discorso: – Io ero troppo vecchio per te e avrei dovuto saperlo.

– Vecchio! – essa protestò. – Io ti volevo bene perché mi piacevi con quel tuo aspetto distinto! – Al complimento egli dovette sorridere davvero contento. Egli sapeva di avere anche da vecchio una figura distinta e se ne compiaceva tuttavia.

– Se poi – essa aggiunse mangiando – tu volessi adottarmi da figlia, bada che siamo ancora in tempo. Non sarei forse una bella figlia?

Trapelava una grande presunzione da ogni parola ch'essa diceva e a lui sembrava che la fanciulla del popolo fosse stata differente. Nei cenci, proprio quando lo aveva sedotto, essa era stata tanto piú morale. Mangiando essa trovava il tempo di stendersi sulla poltrona e sporgere alla vista del vecchio le gambe elegantemente calzate. Adottarla? Una donna che gli faceva vedere delle gambe che non gl'importavano?

L'ira lo rese piú eloquente. – Già quel giorno io m'avvicinai a te per farti del bene e avviarti ad una vita migliore. Ricordi che ti parlai d'impieghi e studii? Lo ricordi? Poi la passione ebbe il sopravvento. Ma ricordi che subito la prima sera volli riparlare di lavoro eppoi ne parlai la seconda e sempre ogni volta che ti vidi? Poi ti dissi anche di stare attenta e di non lasciarti trascinare ad altri amori disordinati. Ricordi? – Aveva cosí detto e senz'alcuno sforzo che anche il proprio amore era stato disordinato.

E respirò. Visto che la giovinetta ricordava tutto quello ch'egli voleva e nient'altro, respirò. Gli pareva d'essere nettato da ogni rimprovero e credeva che adesso avrebbe potuto dedicarsi ad insegnare la morale alla giovinetta senza trovare impedimento nell'esempio ch'egli stesso aveva dato. Con la propria infermiera egli era stato piú sincero ed aveva scusati gli antichi trascorsi con la propria gioventú. Con la giovinetta, invece, tendeva a cancellare quei trascorsi con le parole con le quali li aveva accompagnati.

Pareva che ci fosse riuscito e ne provò una gioia indicibile. Credette di poter guardare il mondo intero oggettivamente trovandosi finalmente fuori di tutte le compromissioni cui tutti son spinti dalle proprie debolezze. Se fosse stato veramente l'osservatore oggettivo che credeva, avrebbe potuto accorgersi che nella fanciulla sussisteva tuttavia qualche cosa di popolare, di semplice e d'ingenuo, e averne gioia. Essa continuava a mangiare di buon appetito e diceva di ricordare tutto quello ch'egli non voleva. Non aveva affatto capito perché egli parlasse a quel modo, ma non si sorprendeva delle sue parole. Non si sarebbe affatto meravigliata se egli si fosse poi messo a baciarla ed abbracciarla come in passato. Poteva cioè essere che in passato egli avesse usato di fare a l'amore prima e predicare poi mentre, dopo la sua grave malattia, avesse deciso di cominciare dalla predica; e non era suo il compito di intendere la ragione di tale nuovo aspetto.

Però essa asserí di aver sempre tenuto conto delle sue raccomandazioni. Non le aveva mai dimenticate e mai s'era abbandonata ad amori disordinati. Lo diceva serenamente, continuando a masticare e senza studiare affatto la faccia del suo interlocutore per vedere se lui ci credesse.

Egli non le credette, ma si sentiva in obbligo di dimostrarle un poco di riconoscenza perché era stata tanto accondiscendente con lui. – Brava, – le disse, – sono molto contento di te. Mi fai un vero regalo conservandoti onesta e vedrai che te ne sarò molto grato. – Gli sembrava di aver fatto molto in quel primo abboccamento. Il resto si poteva riservarlo al giorno appresso dopo di essersi preso il tempo necessario alla riflessione. Tuttavia non seppe cambiar discorso e non solo perché i vecchi sono un po' come i coccodrilli che non cambiano facilmente direzione, ma anche perché oramai con la giovinetta egli non aveva che un legame. In fondo piú di uno con lei non aveva mai avuto, solo che non era piú lo stesso. – E quel giovinotto, col quale passasti ieri sotto le mie finestre?

Essa non subito ricordò di essere passata per quella via. Lo ricordò dopo uno sforzo di memoria anzi di ragionamento: doveva essere passata per quella via essendo giunta a quell'altra da casa sua. Il giovinotto era un suo cugino ritornato dagli studii. Un ragazzo cui non bisognava dare importanza.

Di nuovo egli non le credette, ma gli parve per il momento di non dover insistere. Prima di congedarla – pretestò una grande stanchezza – le diede del denaro, questa volta non chiuso in una busta, ma contato accuratamente sul tavolo. Guardò la fanciulla per poter gioire della sua riconoscenza. Non ne vide molta. Prima di tutto a lei ripugnava sempre di parlare di denaro e il vecchio dovette piú volte invitarla di assistere a quel computo perché essa guardava via; poi la somma non era grande in verità perché allora con quei denari si potevano comperare tutt'al piú gli stivali che la giovinetta portava.

Essa se ne andò dopo di avergli dato un gran bacione e certamente pensò che l'amore veniva riservato al secondo abboccamento.

IX.

Il vecchio quando voleva mettere ordine nei propri pensieri usava di chiacchierare con la persona che aveva a mano, dunque sempre la sua nemica e la sua unica compagna, l'infermiera. Perciò le raccontò ch'egli si sentiva sollevato perché la giovinetta aveva ricordato anche le lezioni di morale da lui datele in passato, e non s'arrestò per un'occhiataccia di meraviglia che l'infermiera gli inviò. Le raccontò poi bonariamente, come se avesse pensato a voce alta, ch'egli intendeva ora di beneficare la giovinetta e disse anche la somma di denaro che quel giorno intanto le aveva dato.

L'infermiera scattò. Diventava sempre cattiva quando sentiva nominare la giovinetta, ma cominciò con lo sprezzare la cifra di denaro che a lui era sembrata tanto vistosa. Non fu accorta – come poi si vedrà, – ma allora perseguí una certa sua politica con la quale tendeva a farsi aumentare il salario. Effettivamente il vecchio non aveva ancora capito come il denaro fosse divenuto piú vile che mai. Poi, appena, essa soggiunse: – In quanto a quella lí – l'accenno vago della mano era per la fanciulla – le è facile di ricordare le belle lezioni di morale da voi date; è certo che ne approfittò per bene.

Questa seconda osservazione fu per il vecchio meno importante della prima; gli appariva gravissimo il fatto che s'era bruttato di avarizia proprio quando aveva voluto mostrarsi tanto generoso. Se era vero quello che diceva l'infermiera egli aveva sbagliato gravemente perché quella somma doveva rappresentare il proprio riscatto che non poteva essere pagato con un importo lieve.

Questa fu la prima ragione di malcontento dopo tanta fiducia di arrivare alla quiete. In fondo il rimorso non è altro che il risultato di un dato modo di guardarsi in uno specchio. Ed egli si vide misero e piccolo. Sempre egli aveva pagato troppo poco quella giovinetta. Per certe gioie gli uomini generosi assumono equivalenti impegni. Per non assumerne alcuno egli ricordava di non avere in passato neppur preso anticipatamente degli appuntamenti con lei cosí che quando ne ebbe abbastanza gli bastò di non richiamarla. Gli altri uomini usano di pagare le donne ogni giorno perché esse devono mangiare anche quando nulla si chiede da loro. Lui invece l'aveva fatta lavorare alla Tramvia perché potesse mangiare ogni giorno eppoi l'aveva pagata in modo che a lui era sembrato signorile perché gli era parso di non dover altro che il fitto di poche ore. Cosí egli aveva condotto quell'avventura ch'egli, per diminuire l'aspetto sconcio, aveva voluto designare di «vera».

E gli parve che questo fosse il rimorso vero, non il fatto ch'egli, vecchio, si fosse attaccato ad una giovinetta. Perché avrebbe dovuto rimordergli se egli avesse presa con sé la giovinetta e messa al posto di quell'odiosa infermiera? Il vecchio sorrise, con un poco d'amarezza, ma sorrise. La giovinetta eternamente a sé da canto! La grande angina sarebbe intervenuta ben prima. Non adesso perché egli era sicuro che avrebbe potuto vivere vicinissimo alla giovinetta senz'aver a temere alcuna tentazione. Lo seccava ch'essa con lui continuasse ad assumere quelle arie di sirena e questa era la ragione per cui egli ora non avrebbe potuto sopportarla accanto a sé.

Ma in passato, avendola amata, il suo obbligo sarebbe stato di tenerla con sé e sarebbe stata educata meglio. Cosí facevano i giovani, mentre i vecchi amavano e correvano via o spingevano da sé l'oggetto amato.

Come doveva esser stato ridicolo lui quando l'aveva costretta ad assistere alla revisione di quella gran somma ch'egli le offriva! Ma a ciò poteva riparare. Ordinò subito all'impiegato di fargli avere per il primo giorno appresso una somma vistosa di denaro.

Poteva riparare anche ad altro. Provando per essa solo un affetto paterno poteva pur tentare di educarla. Se ne sentiva la forza. Solo doveva prepararsi bene prima d'incontrarla. Adesso non gli importava piú di farle ricordare quelle sciocche parole dalle quali soleva far accompagnare le manifestazioni della propria corruzione. Era stato debole con lei perché ancora sempre preoccupato dell'insensato desiderio di apparire puro.

Per qualche tempo restò ancora a meditare sulla poltrona. Gli sarebbe stato tanto comodo di spiegare a qualcuno le proprie intenzioni prima di metterle in atto. Anche negli affari egli usava consultarsi col procuratore per avere la visione netta di quello ch'egli voleva. Ma in questo affare da lui condotto da solo non poteva avere il consiglio di nessuno. Certo con la sua infermiera non doveva parlarne.

Ed è proprio cosí che nei suoi tardi anni il mio buon vecchio divenne scrittore. Quella sera scrisse solo degli appunti per la conferenza ch'egli voleva tenere alla giovinetta. Abbastanza alla breve: raccontava le proprie colpe senza attenuarle. Egli aveva voluto approfittare di lei e sottrarsi a qualunque obbligo verso di lei. Queste le sue due colpe. Era tanto semplice di scriverle! Avrebbe egli avuto il coraggio di ripetere ciò alla giovinetta? Perché no quando egli era pronto a pagare? Pagare con denaro e pagare di persona, cioè educarla e tutelarla. Quello zerbinotto non avrebbe avuto piú tanto facile il giuoco. Ecco che, scrivendo, veniva a galla anche costui che pur doveva avere avuto la sua parte nei dolori e nei rimorsi del vecchio.

Questi appunti furono scritti prima a matita eppoi copiati accuratamente a penna. I manoscritti in quella stanza non correvano pericolo perché la sua infermiera non sapeva leggere. Scrivendoli in penna vi aggiunse una morale piú generale un po' noiosa e retorica. A lui pareva di aver corretto e completato. Invece aveva distrutto. Ma era inevitabile questo in un novellino. In passato il buon vecchio era stato uno scettico. Ora che la sua infermità aveva squilibrato il suo organismo si sentiva propenso alla protezione dei deboli e nello stesso tempo incline alla propaganda. Egli credette tutt'ad un tratto di aver qualche cosa da dire e non mica alla sola giovinetta.

Rilesse il manoscritto e a dire la verità fu una disillusione. Ma non assoluta perché egli credette di aver pensato bene e di aver scritto male. Ciò in un secondo tentativo avrebbe potuto essere corretto. Intanto gli pareva che quegli appunti potevano servirgli per la giovinetta. Per lui che tante volte dacché aveva aperti gli occhi al senno aveva dovuto star a sentire predicazioni di morale, quella roba non faceva. Ma la giovinetta era probabilmente stanca a quell'ora di molte cose di questo mondo, ma non di morale. Forse quelle parole ch'egli aveva scritto sentendole ma che ora, leggendole, non sentiva piú, l'avrebbero commossa.

Anche quella notte fu inquieta ma non sgradevole. L'insonnia prolungata è sempre un po' delirante. Non tutte le cellule rimangono deste. Certe realtà scompaiono e quelle che restano deste si sviluppano senza freno. Il vecchio sorrideva a se stesso come a grande scrittore. Egli sapeva di aver da dire qualche cosa al mondo, solo in quel dormiveglia non sapeva bene che cosa. Però era cosciente di essere a mezzo addormentato e sarebbe pur venuto il giorno e la luce a completare la sua mente.

Quando finalmente, verso la mattina, s'addormentò, ebbe un sogno che cominciò bene e che finí male. Egli si trovava in mezzo ad una folla di uomini disposti in circolo sulla grande piazza d'armi. Egli presentava a tutti la giovinetta vestita dei suoi cenci colorati e tutti l'applaudivano come se l'avesse fatta lui cosí bella. Poi essa s'aggrappava a un trapezio che attaccato ad un trolley camminava in circolo proprio al di sopra di tutta quella gente. E come essa passava tutti le carezzavano le gambe. Anche lui ansioso aspettava quelle gambe per carezzarle, ma a lui mai giungevano e quando a lui giunsero non ne aveva piú bisogno. E tutta quella gente si mise a urlare. Urlava una parola sola, ma egli non la intese finché non fu trascinato ad urlarla anche lui. Suonava: aiuto!

Si destò coperto da un sudore freddo: la grande angina lo crocifiggeva sul letto. Moriva. La morte, nella stanza, non era rappresentata che da un batter d'ali. Era la morte stessa che era penetrata in lui assieme alla spada velenosa che s'arcuava nel suo braccio e nel suo petto. Egli era tutto dolore e paura. Piú tardi pensò che alla sua disperazione avesse collaborato anche il rimorso per il sozzo sogno. Ma nel grande dolore potevano capire tutti i sentimenti che nella sua vita gli avessero offuscata l'anima e perciò anche la sua avventura con la giovinetta.

Quando il dolore e la paura sparvero egli studiò ancora quella sua suprema preoccupazione. Forse egli credeva con quello studio di avviarsi ad una grande cura. Come era importante quella giovinetta nella sua vita! Per causa sua s'era ammalato. Ora essa lo perseguitava nei sogni e lo minacciava di morte. Era piú importante di tutti e di tutto il resto della sua vita. Anche quello che in lei disprezzava era importante. Ecco che quelle gambe che in realtà lo avevano indignato, nel sogno lo avevano corrotto. Nel sogno essa era apparsa vestita di cenci ma le gambe erano proprio quelle del giorno prima, coperte di calze di seta.

Venne il medico con le sue solite prescrizioni e la sua solita calma fiduciosa, inalterabile finché l'angina pectoris toccava a lui, solo per la cura. Dichiarò che questo sarebbe stato l'ultimo assalto. – Il grande dolore era anzi un sintomo favorevole visto che negli organismi sfatti non si producono mai grandi dolori. – Poi: s'avvicinava la buona stagione. Era certo che la guerra stava per finire e che il vecchio avrebbe potuto recarsi in qualche buon luogo di cura.

L'infermiera non dimenticò di avvisare il medico della visita che il vecchio aveva ricevuta il giorno prima. Il medico, sorridendo, raccomandò di non accettare piú simili visite finché egli non lo avesse permesso.

Con fermezza virile il vecchio respinse la proibizione. Bisognava guarirlo senza proibirgli nulla. Quella visita non poteva averlo danneggiato e si risentiva di quella supposizione come di un'offesa. In seguito egli avrebbe chiamato a sé la giovinetta e l'avrebbe veduta di frequente. Il medico – se l'avesse voluto – avrebbe potuto accertarsi che quelle visite non potevano nuocergli.

Tale atteggiamento del vecchio in quello stesso giorno subito dopo di aver tanto sofferto era la manifestazione di una grande vera nobiltà. Egli stesso sentiva di dare una prova di forza. Gli altri non potevano sapere che la grande angina non era stata l'avventura piú importante di quella notte. La sua vita non poteva svolgersi fra letto e lettuccio come sino ad allora. Doveva divenire piú intensa e piú estesa perché il suo pensiero non poteva aggirarsi intorno alla propria personcina. Intendeva di seguire le prescrizioni del medico, ma credeva di saper anche dell'altro ch'era importante per la sua cura e ch'egli non voleva dire al medico.

Il medico non discusse perché da buon praticone com'era non credeva che la discussione fosse una buona cura.

La cessazione di un grande dolore è una grande dolcezza e il vecchio ne visse per quel giorno. La libertà di moversi e di respirare è una vera felicità per chi ne è stato privo e sia pure per qualche istante. Tuttavia egli, quello stesso giorno, trovò il tempo di scrivere alla giovinetta. Le mandava i denari che le aveva destinati fin dal giorno prima e l'avvisava che gliene avrebbe mandati altri in seguito. La pregava di non venire da lui finché egli non l'avesse chiamata visto che s'era ammalato.

Egli ora sapeva ch'egli amava la fanciulla dai cenci colorati e l'amava come una figlia. L'aveva posseduta in realtà e l'aveva posseduta nel sogno, anzi nei due sogni. In ambedue i sogni, affermava il vecchio a se stesso non sapendo che i sogni si fanno di notte e si completano di giorno, c'era stato un grande dolore forse causa del male da cui era stato colto, quello della compassione. Cosí era fatto il destino della giovinetta ed egli vi aveva collaborato. Per colpa sua essa aveva camminato le vie col campanello di richiamo attaccato ai piedi oppure, addirittura legata ad un trolley, era scivolata su quel cerchio, offrendosi agli occhi e alle mani degli uomini. E non importava che la giovinetta ch'era stata a trovarlo il giorno prima, non avesse saputo destare nel suo animo alcun sentimento di compassione o di affetto. Essa, ora, era fatta cosí e bisognava salvarla mutandola in modo da farla ridivenire la buona, cara fanciulla, che – purtroppo! – era stata sua e che egli ora amava per la sua debolezza che chiamava carezze e protezione.

Quanta dolcezza gli derivava da tale proposito! Una dolcezza che invadeva ogni sua fibra ma che modificava ogni cosa ed ogni persona, persino la sua infermiera, ma anzi persino la propria malattia che egli pensava di poter combattere.

Già il giorno appresso egli chiamò il notaio e fece un testamento col quale all'infuori di alcuni legati che a lui parvero importanti, ma che in confronto al suo patrimonio erano esigui, legò tutto quanto possedeva alla giovinetta. Ecco ch'essa almeno non avrebbe piú avuto alcun bisogno di vendersi.

L'educazione della giovinetta avrebbe cominciato quando egli, dopo di essersi raccolto, sarebbe stato capace di dargliela. Impiegò alcuni giorni a rifare gli appunti stesi il giorno prima e che dovevano servire di base alle prediche che voleva tenere alla giovinetta. Poi li distrusse non essendone soddisfatto. Egli ora sapeva esattamente dove stava l'errore commesso da lui e da lei e che aveva procurato a lui la malattia e a lei la corruzione. Non era il fatto di non aver pagato adeguatamente l'amore o di avere abbandonato la giovinetta che doveva rimordergli. Egli aveva sbagliato quando l'aveva accostata a quel modo. Era quello l'errore che bisognava studiare. Perciò cominciò a stendere nuove note sui rapporti che dovevano e potevano correre fra giovani e vecchi. Egli sentiva di non aver diritto d'interdire l'amore alla giovinetta. L'amore, per essa, poteva ancora essere morale, ma bisognava interdirle ogni amore disordinato e prima di tutto l'amore coi vecchi. Nei suoi appunti, per qualche tempo, egli cercò di cacciare accanto ai vecchi che bisognava evitare anche quello zerbinotto dall'ombrello fine ch'egli non aveva ancora dimenticato. Ciò gli complicava il compito e rendeva i suoi appunti meno sicuri e diritti. Lo zerbinotto poi scomparve da quegli appunti e restarono soli, di faccia l'uno all'altro, il vecchio e la giovine.

Il tempo passava ed egli non si sentiva mai pronto a chiamare a sé la giovinetta. Aveva scritto molto, ma bisognava metter ordine in quei suoi appunti perché fossero a portata di mano al momento in cui ve ne sarebbe stato bisogno. Faceva pervenire alla giovinetta ogni settimana col mezzo del proprio impiegato un certo importo e le scriveva che non stava ancora abbastanza bene per riceverla. Credeva di dire la verità il buon vecchio ed era vero che del tutto bene non stava, ma non certo peggio di quanto era stato prima dell'ultimo assalto. Però ora tendeva alla salute assoluta dell'uomo operoso e quella non era ancora giunta.

Si sentiva meglio perché in lui era rinata la fiducia. Questa fiducia per un certo tempo aumentò continuamente in rapporto diretto all'attaccamento suo alla vita, cioè al suo lavoro. Un giorno, rileggendo quanto aveva scritto, nacque nella mente del vecchio la teoria, la pura teoria e dalla quale fu eliminata la giovinetta e lui stesso. Anzi la teoria nacque precisamente per queste due eliminazioni. La giovinetta che riceveva da lui solo denaro perdette presto ogni importanza. Le piú forti impressioni finiscono col lasciare nell'animo solo una leggera eco che non si percepisce se non si ricerca, e a quell'ora il vecchio, dal ricordo di quella giovinetta ch'egli aveva amata e che non esisteva piú, sentiva sorgere un coro di voci giovanili che domandavano soccorso. In quanto a lui, in seguito alla teoria, cambiò d'aspetto per una doppia metamorfosi. Prima di tutto egli divenne tutt'altra cosa di quel vecchio egoista che aveva corrotto una giovinetta per goderne e non pagarla, perché si vedeva confuso con mille altri che volentieri avrebbero fatto o facevano la stessa cosa. Non era possibile soffrirne. La sua si trovava accanto a migliaia d'altre teste candide e sotto a quel candore v'era in tutte la stessa malizia. Lui, poi, divenne tutt'altra cosa di tutti gli altri! Egli era l'alto, il puro teorista nettato dalla sua sincerità da ogni malizia. Ed era una sincerità facile perché non si trattava di confessare, ma di studiare e scoprire.

Non scriveva piú per la giovinetta. Avrebbe dovuto tenersi terra terra per essere da lei compreso e non ne valeva la pena. Egli credeva di scrivere per la generalità e forse anche per il legislatore. Non ricercava egli una parte importante delle leggi morali che, secondo lui, dovevano reggere il mondo?

Sconfinata era la fiducia che fu versata nel suo animo dal lavoro. La teoria era lunga e perciò non si poteva morire prima di averla compiuta. Gli pareva di non dover aver fretta. Una potenza superiore avrebbe vigilato perché egli potesse arrivare alla fine della sua opera tanto importante. Fece il titolo con la sua bella e grande scrittura: Dei rapporti tra vecchiaia e gioventú. Poi, quando s'accinse alla prefazione, pensò che per la pubblicazione avrebbe dovuto far disegnare una bella vignetta illustrativa del titolo. Non trovò il modo di mettervi quella piattaforma della Tramvia con la giovinetta al freno e un vecchio che la strappa al lavoro. Era difficile, anche da parte del miglior disegnatore, di esprimere chiaramente l'idea con quegli elementi. Poi ebbe un'ispirazione (non gli mancava neppure un'ispirazione): la vignetta doveva rappresentare un fanciullo decenne che conduce un vecchio ubriaco. Chiamò anche un disegnatore che eseguisse subito il disegno. Ne ebbe uno sgorbio e il vecchio lo rifiutò e dichiarò che quando sarebbe stato ben sano avrebbe cercato lui stesso in città il disegnatore che facesse al caso suo.

Nella bella stagione ch'era finalmente arrivata, il vecchio si metteva a scrivere già di buon mattino. Lasciava poi volentieri di scrivere per sottoporsi alle solite cure perché ciò non significava un'interruzione del suo lavoro. Niente poteva stornare il suo pensiero che camminava e si evolveva sempre. Scriveva poi di nuovo fino all'ora della colazione poi dormiva per un'oretta sulla sua poltrona, di un sonno tranquillo e privo di sogni e ritornava al suo tavolo per rimanervi scrivendo e meditando fino all'ora della sua passeggiata giornaliera in vettura. Andava a Sant'Andrea accompagnato dalla sua infermiera o, talvolta, dal medico. Faceva qualche passo lungo la spiaggia. Guardava l'orizzonte dove tramontava il sole, con tutt'altro occhio – a lui pareva – di quello che aveva avuto in passato per le bellezze della natura. Gli pareva di esserne piú intimamente parte ora che meditava su alti problemi invece di fare affari. E guardava il mare colorito e il cielo terso associandosi in certo modo a tanta purezza perché se ne sentiva degno.

Poi cenava e passava ancora un'oretta a bearsi del proprio lavoro rileggendo le cartelle che andavano accumulandosi in un cassetto del suo tavolo. Nel suo letto puro, accompagnato dalla sua teoria, dormiva di un sonno sereno. Una volta sognò della sua giovinetta vestita di cenci colorati e non ricordò neppure in quel sogno ch'esistesse quell'altra giovinetta dalle calze di seta. Con essa parlò in tedesco ch'essa parlava intelligibilmente. Niente di eccitante neppure quella volta e a lui ciò parve una grande prova della riacquistata salute.

Avrebbe voluto avere accanto a sé qualcuno cui poter leggere l'opera sua e controllarla sulla propria viva voce e sulla faccia altrui. Ma questa facilitazione non poté avere. Egli sapeva, con la pratica di scrittore che aveva già acquisita, come la teoria fosse insidiata da un pericolo grande: quello di allontanarsi dalla linea che le era assegnata dalla realtà. Quante cartelle non furono sacrificate perché in esse egli si era lasciato deviare dal suono delle parole! Per aiutarsi egli aveva descritto su una cartella il suo punto di partenza e la teneva sempre a sé dinanzi: il vecchio è fatto in modo che la potenza di cui dispone può divenir dannosa al giovine il quale, solo, è importante per l'avvenire dell'umanità. Bisogna renderlo attento a ciò. Visto che però egli detiene la potenza che conquistò durante la sua lunga esistenza è necessario ch'egli la dedichi al vantaggio del giovine. Per restare alla verità il moralista si riferiva poi esattamente alla propria avventura: bisognava ottenere che il vecchio non desiderasse la giovinetta su quella piattaforma senz'altro curarsi della domanda di soccorso rivoltagli dalla bella giovinetta. Altrimenti la vita ora appassionata e corrotta sarebbe divenuta pura ma di ghiaccio.

Seguivano molti punti d'esclamazione per segnare la difficoltà del compito che il moralista s'imponeva. Come infatti si sarebbe potuto provare ai vecchi, ch'era loro dovere di curarsi come di figlie di quelle fanciulle che – se fosse stato permesso – essi si sarebbero prese per amanti? La pratica insegnava che i vecchi erano disposti di prendersi a cuore il destino solo di quelle giovinette ch'essi già avevano avute per amanti. Occorreva provare che non era necessario di passare per l'amore per arrivare all'affetto.

Il pensiero del vecchio batteva su questo modo: finora ne sorrideva perché riteneva che come la indagine metodica procedeva egli avrebbe potuto veder piú chiari i particolari del problema.

Tentò di associare al proprio lavoro la sua infermiera. Non avrebbe domandato da lei altro che di starlo a sentire. Alle prime sue parole costei divenne furiosa: – Ancora di quella lí si occupa lei?

Era evidente che ogni teoria moriva strangolata se si cominciava dal designare come quella lí la giovinetta vera madre di quella.

Allora tentò col dottore. Pareva che questi amasse la teoria. Il dottore constatava una vera miglioria nello stato del vecchio e perciò non poteva che amare quella teoria che gli pareva utile. Però gli era difficile di accettarla per sé. Anche lui vecchio, trovandosi in buona salute, guardava col vivo desiderio della persona intelligente alla vita e non ammetteva di essere escluso da alcuna sua manifestazione.

– In fondo – egli disse al vecchio, – tu vuoi attribuirci un'importanza troppo grande. Non siamo mica tanto seducenti. – Guardava il vecchio poi guardava se stesso nello specchio.

– Eppure seduciamo, – disse il vecchio sicuro della sua esperienza.

– Quando ci capita non è tanto male, – osservò il dottore sorridendo.

Anche il vecchio tentò di sorridere, ma fu una smorfia. Egli sapeva invece ch'era molto male.

Il dottore ricordava allora di essere prima di tutto medico e cessava di discutere la teoria, cioè la medicina cui egli stesso attribuiva una importanza. Volle persino aiutare alla teoria, collaborarvi, ma era naturale che dove egli toccava distruggeva i fantasmi del vecchio: – Se lo desideri – disse al vecchio – io ti procuro un'opera dal titolo: Il vecchio. La vecchiaia, purtroppo, vi è considerata quale una malattia. Non di lunga durata, però.

Il vecchio discusse: – Malattia la vecchiaia? Malattia una parte della vita? E che cosa sarebbe allora la gioventú?

– Credo che neppur essa sia l'assoluta salute, – disse il medico, – ma è un'altra cosa. La gioventú molto spesso piglia delle malattie, ma sono usualmente delle malattie prive di complicazioni. Invece nei vecchi anche un raffreddore è una malattia complicata. Questo pur dovrebbe significare qualche cosa.

– Ciò significa soltanto che il vecchio è debole. È infatti – gridò il vecchio vittoriosamente – nient'altro che un giovine indebolito. – L'aveva trovata. Questa scoperta andava a far parte della sua teoria che grandemente se ne avvantaggiava. – Perciò e acciocché la sua debolezza non si converta in malattia ha bisogno di una morale ben solida. – La modestia gl'impediva di dire che tale morale sarebbe stata fornita dall'opera sua, ma lo pensò.

Quest'abboccamento col dottore da cui gli era provenuto tanto vantaggio avrebbe dovuto incoraggiare ad averne degli altri. Ma un giorno il dottore tradí tanto chiaramente la sua intima fede, che il vecchio comprese che fra loro due non v'era alcun punto di contatto.

Nel corso delle sue elucubrazioni, il vecchio un giorno si trovò a dover analizzare quali diritti spettassero alla vecchiaia verso la gioventú. Dio mio! La Bibbia non era mica stata scritta invano. Doveva la gioventú obbedienza alla vecchiaia? Rispetto? Affetto?

Il dottore si mise a ridere e quando rideva amava di rivelare il suo piú intimo pensiero. – Obbedienza? Immediata perché non bisogna far aspettare i vecchi. Rispetto? Tutte le giovinette di Trieste in ginocchio perché si possa piú facilmente sceglierle. Affetto? Di quello buono e solido, braccia al collo o altrove e bocca su bocca.

Insomma il povero vecchio non aveva fortuna e non trovava l'anima gemella. Egli non sapeva che al dottore mancava l'esperienza della grande angina e che non era perciò un vecchio come lui.

Anche tale discussione ebbe un effetto, ma negativo. Diverse cartelle già scritte vennero poste dal vecchio in quarantena, entro un foglio bianco su cui scrisse: – Che cosa deve la gioventú alla vecchiaia?

Talvolta la teoria s'ingarbugliava ed era difficile di procedere. Il vecchio allora si sentiva molto male. Aveva riposto il lavoro pensando che un breve riposo gli avrebbe dato la chiarezza di cui mancava, ma come le giornate trascorrevano vuote! Subito la morte era piú vicina. Il vecchio ora trovava il tempo di sentire la pulsazione malsicura del proprio cuore e il proprio respiro affaticato e rumoroso.

Fu in uno di tali periodi ch'egli mandò a pregare la giovinetta di venire da lui. Sperava che sarebbe bastato di rivederla per sentir rinnovato il proprio rimorso ch'era il principale stimolo a scrivere. Ma neppure da quella parte gli venne l'aiuto sperato.

La giovinetta aveva continuato ad evolversi. Elegantissima come l'altra volta s'era evidentemente aspettata d'essere accolta a baci. Il vecchio non fu molto severo e questa volta non per imbarazzo, ma perché gl'importava poco. Egli a quest'ora amava tutta la gioventú, maschi e femmine, compresa la cara giovinetta vestita di cenci e affatto questa pupattola tanto superba dei propri vestiti da parlarne davanti allo specchio.

S'era però tanto evoluta da lagnarsi che il denaro non le bastava piú e pregava di aumentare il suo stipendio.

Qui il vecchio sfoderò la propria antica pratica d'affari. – Perché credi ch'io ti debba denaro? – domandò sorridendo.

– Non sei stato tu che m'hai sedotta? – domandò la povera giovinetta che doveva esser stata istruita da qualcuno.

Il vecchio rimase calmo. Purtroppo il rimprovero non gli faceva piú né caldo né freddo. Discusse e disse che quando si faceva all'amore si era in due e che da parte sua non c'era stata né violenza né astuzia.

Essa subito si lasciò convincere e non insistette. Probabilmente era pentita e seccata di aver parlato a quel modo, lei che aveva sempre fatto del suo meglio per non apparire interessata.

Egli, per renderla ancora piú buona e sperando di aver a sentire almeno in minima parte l'antica emozione, le raccontò che l'aveva ricordata nel proprio testamento.

– Lo so e te ne ringrazio, – disse essa. Il vecchio non rilevò la stranezza per cui essa credeva di sapere di un suo testamento ch'era tenuto segreto e accettò i suoi ringraziamenti.

Quell'abboccamento lo disilluse al punto che si propose di rifare il proprio testamento e lasciare il residuo della propria sostanza a qualche istituto di beneficenza.

Non fece nulla solo perché i teoristi sono persone molto lente quando si tratta di agire.

X.

Ed è cosí che il vecchio si trovò solo di faccia alla sua teoria.

Intanto la prefazione lunghissima all'opera sua era terminata e, secondo lui, era riuscita splendidamente, tanto che la rileggeva continuamente per ricavarne lo stimolo a procedere oltre.

In quella prefazione egli s'era soltanto prefisso di provare come l'umanità avesse bisogno dell'opera sua. Egli non sapeva, ma questa era la parte piú facile di tale opera. Infatti ogni opera che intende di creare una teoria si divide in due parti. La prima si dedica alla distruzione di teorie preesistenti o, meglio ancora, alla critica dello stato di fatto esistente, mentre la seconda ha il difficile compito di ricostruire le cose su nuove basi; cosa abbastanza difficile. Ad un teorista avvenne di aver pubblicato da vivo due interi volumi per provare che le cose procedevano male e nel modo piú ingiusto. Il mondo andò per aria e non si regolò neppure quando gli eredi del teorista pubblicarono il terzo volume, postumo, dedicato quello alla ricostruzione delle cose. Una teoria è sempre una cosa complessa e facendola non si intravvedono subito tutte le sue illazioni. Sorgono dei teoristi che predicano la distruzione di una bestia, p. e. dei gatti. Si scrive, si scrive e non subito ci si accorge che intorno alla teoria, sua conseguenza, pullulano i topi. Solo molto tardi il teorista capita nell'imbarazzo e, angosciato, si domanda: «Che me ne farò di questi topi?».

Il mio vecchio era ancora molto lontano da tale imbarazzo. Niente di piú bello e di piú fluido della prefazione ad una teoria. Il vecchio scopriva che alla gioventú a questo mondo mancava qualche cosa che avrebbe reso la gioventú ancor piú bella: una sana vecchiaia che l'ami e l'assista. Non mancarono studii e meditazioni anche per la prefazione perché con questa bisognava stabilire tutta l'estensione del problema. Dunque il vecchio partiva dal principio come la Bibbia. I vecchi – quando non erano ancora tanto vecchi – avevano riprodotto nei giovani se stessi con grande facilità e con qualche piacere. Passando la vita da uno all'altro organismo era difficile di accertarsi se la stessa s'era elevata o migliorata. I secoli storici dietro di noi erano troppo brevi per trarne l'esperienza. Ma dopo la riproduzione poteva esserci progresso spirituale se l'associazione fra vecchi e giovani era perfetta e se una gioventú sana poteva appoggiarsi ad una vecchiaia sanissima. Scopo del libro era dunque di dimostrare per il bene del mondo la necessità della sanità del vecchio. Secondo il vecchio il futuro mondo, cioè la potenza dei giovani che questo futuro faranno, dipendeva dall'assistenza e dagli insegnamenti dei vecchi.

33

La prefazione aveva anche una seconda parte. Se il vecchio avesse potuto ne avrebbe fatte molte parti. La seconda cercava di provare il vantaggio che al vecchio sarebbe derivato da una sua propria relazione pura con la gioventú. Coi figli la purezza era facile, ma non poteva mica essere impura coi compagni dei figli. Il vecchio – se puro – sarebbe vissuto piú sano e piú a lungo, ciò che secondo lui sarebbe stato una bella utilità per la società.

Il primo capitolo era anch'esso una prefazione. Bisognava pur descrivere lo stato attuale delle cose! I vecchi abusavano della gioventú e la gioventú disprezzava i vecchi. I giovini facevano delle leggi per impedire ai vecchi di restare alla direzione degli affari e dal canto loro i vecchi ottenevano delle leggi per impedire l'ascensione dei giovini quand'erano troppo giovini. Non rivela questa rivalità uno stato di cose pernicioso per il progresso umano? Che c'entrava l'età nella designazione ai pubblici uffici?

Queste prefazioni di cui io dò solo il nocciolo diedero da fare e molta salute al povero vecchio per vari mesi. Poi ci furono altri capitoli che camminarono abbastanza facilmente e non l'affannarono ad onta del suo stato di debolezza: i capitoli polemici. Uno fu dedicato a negare che la vecchiaia sia una malattia. Al vecchio pareva di essere stato molto felice in quel capitolo. Come si poteva credere che la vecchiaia che non era altro che la continuazione della gioventú fosse una malattia? Doveva pur essere intervenuto un altro elemento per mutare la salute in malattia; quest'elemento il vecchio non sapeva trovarlo.

Poi, nel proposito del vecchio, l'opera avrebbe dovuto scindersi in due parti. Una doveva trattare del modo come la società avrebbe dovuto organizzarsi per avere dei vecchi sani e l'altra dell'organizzazione della gioventú per regolare i suoi rapporti con la vecchiaia.

Qui però il vecchio ad ogni tratto si trovava interrotto nel suo lavoro dall'invasione dei roditori. Ho già detto di quelle cartelle ch'erano state da lui riposte coperte da un foglio di carta con la riserva di riprenderle in lavoro quando qualche suo dubbio sarebbe stato chiarito. Vi si associarono poi molti altri pacchetti di cartelle.

Cosí egli ricordava sempre che il denaro aveva avuto una parte importante nella sua avventura con la giovinetta. Per alcuni giorni scrisse che i denari (che di solito appartengono ai vecchi) si dovrebbero sequestrare perché non possano servire a corrompere ed è meraviglioso che passarono tante ore prima ch'egli si accorgesse come sarebbe stato doloroso per lui di venir privato del suo denaro. E allora smise di scrivere sull'argomento e ripose le cartelle relative in attesa di maggior luce.

Un'altra volta pensò di descrivere come sin dalla prima classe elementare si dovesse ricordare che scopo della vita è di divenire un vecchio sano. La gioventú quando pecca non soffre e non fa soffrire tanto. Poi il peccato del vecchio è circa equivalente a due peccati del giovine. È un peccato a parte anche l'esempio ch'egli dà. Dunque – secondo il teorista – da bel principio bisognerebbe studiare di diventar vecchio sanamente. Ma poi gli parve che in tale ragionamento la via alla virtú non fosse ben segnata. Se il peccato del giovine aveva un'importanza tanto lieve dove si poteva cominciare l'educazione del vecchio? E sul foglio nel quale seppellí quelle cartelle annotò: – Da studiarsi quando l'educazione del vecchio ha da cominciare.

Ci furono delle cartelle in cui il vecchio si sforzò di provare che per avere una vecchiaia sana bisognava circondarla di giovini sani. Il sistema di riporre le cartelle e di non distruggerle favoriva le contraddizioni di cui l'autore non s'accorgeva. In queste ultime cartelle risultò nell'autore una certa ira contro la gioventú. In complesso era vero che se la gioventú fosse stata sana la vecchiaia non avrebbe potuto peccare. Già la maggior forza fisica la proteggeva da attentati. Sulla carta che involse tanta filosofia era scritto: – Da chi ha da cominciare la morale?

E il vecchio andò accumulando i suoi dubbi credendo di fabbricare qualche cosa. Ma tuttavia la lotta era superiore alle sue forze e quando ritornò l'inverno anche il medico s'accorse di un ulteriore decadenza fisica del paziente. Fece delle indagini e finí con l'indovinare che la teoria che aveva fatto tanto bene ora faceva del male. – Perché non cambi argomento? – gli chiese. – Dovresti riporre quel lavoro lí e dedicarti a qualche altra cosa.

Il vecchio non volle confidarsi e asserí che lavorucchiava tanto per passare il tempo. Temeva l'occhio del critico, ma pensava di temerlo solo finché non avesse compiuto l'opera.

L'intervento del medico questa volta non ebbe un buon effetto. Il vecchio volle accingersi a compiere l'opera sciogliendo un dubbio dopo l'altro e incominciò a riprendere l'esame di ciò che al vecchio spetti da parte dei giovini. Scrisse per varii giorni, sempre piú agitato, poi per varii giorni stette al tavolo leggendo e rileggendo quanto aveva scritto.

Ravvolse di nuovo le vecchie e le nuove cartelle nel lenzuolo sul quale era scritta la domanda a cui non sapeva rispondere. Poi affannosamente sotto a quella scrisse varie volte la parola: – Nulla!

Lo trovarono stecchito con la penna in bocca sulla quale era passato l'ultimo anelito suo.